L'HISTOIRE

DU SIEUR

ABBÉ-COMTE DE BUCQUOY

TIRAGE A PETIT NOMBRE :

2	exemplaires sur	peau de vélin.	fr.
15	»	papier de Chine. . . .	10
15	»	» chamois. . .	6

Chacun de ces exemplaires contient trois épreuves différentes de l'*eau-forte*, et est numéroté.

L'Enfer des Vivans
ou
la Bastille
facilis descensus Averni;
Sed remeare gradum hoc opus, hic labor est.
Beelzebut
ou
Dr Argenson
Puteus abyssi
Astharoth
ou
Bernaville

BIBLIOTHÈQUE ORIGINALE

L'HISTOIRE

DU SIEUR

ABBÉ-COMTE DE BUCQUOY

SINGULIÈREMENT

SON ÉVASION

DU FOR-L'ÉVÊQUE ET DE LA BASTILLE

PAR

MADAME DU NOYER

Avec préliminaire et appendice biographiques et bibliographiques

FRONTISPICE A L'EAU-FORTE

PARIS

CHEZ RENÉ PINCEBOURDE, ÉDITEUR

A LA LIBRAIRIE RICHELIEU

RUE RICHELIEU, 78

MDCCCLXVI

PRÉLIMINAIRE

BIOGRAPHIQUE ET BIBLIOGRAPHIQUE.

Le grand incarcéré, l'évadé des prisons d'Etat par excellence, dans l'histoire de France, est Masers de Latude. Il s'enfuit de Vincennes et de la Bastille ; on le transporta à Charenton comme fou; on le mit à Bicêtre, et son existence de prisonnier persécuté et, autant qu'on le put, avili, prit fin par le dévouement d'une femme, au bon moment où l'humanité et la sensibilité étaient de mode, en 1784, trois ans avant la Révolution.

Jean-Albert d'Archambaud, abbé-comte de Bucquoy, son précurseur heureux dans l'acte désobligeant pour un pouvoir despotique de se soustraire à son arbitraire, s'évada, lui, à une époque beaucoup moins favorable à la gloire qui pouvait résulter d'une telle action. Ce fut en 1709, Louis XIV vivant, et l'infaillibilité royale étant un dogme.

Les envieux de Latude, non pas de Latude en prison durant trente-cinq ans, mais de Latude délivré et célèbre, lui ont, à juste titre, reproché d'avoir plagié de l'abbé de Bucquoy l'idée de soustraction de sa personne à la tyrannie royale (1). En effet, il ne s'était enfui de Vincennes et la Bastille que cinquante ans après que l'abbé de Bucquoy en avait donné l'exemple, mauvais sans doute.

(1) *A un ami, à l'occasion des Mémoires de M. Masers de Latude, ou Histoire de l'abbé de Buquoy.* Paris, Buisson, 1787, in-12 de 72 p. — Ce petit livre est catalogué à la Bibliothèque impériale, mais il est de ceux qui s'y trouvent et qu'on n'y trouve pas.

Il s'en faut pourtant que l'abbé soit aussi connu que son émule, et il y en a plusieurs bonnes raisons. D'abord le terrorisme monarchique d'un temps où l'on pouvait s'étonner de son courage sans s'intéresser à sa personne ; ensuite sa vie à l'étranger, où il se montra animé de passions antiroyalistes, autant dire, à cette date de 1709, antipatriotiques. De plus, quatre-vingts ans après, la Bastille prise, quand on livra à l'impression ses archives, le Grand Registre, de 1705 au 24 avril 1730, se trouva mutilé à tel point qu'il était impossible d'en publier une analyse suivie. Dans les recueils de Carra et de Charpentier, le nom de l'abbé de Bucquoy n'est pas même cité (1).

(1) *Mémoires historiques et authentiques sur la Bastille*, depuis 1475 jusqu'à nos jours (par Carra); Londres et Paris, 1789, 3 vol. in-8. — *La Bastille dévoilée*, ou Recueil de pièces authentiques pour servir à son histoire (par Charpentier); Paris, 1789-90, 3 vol. in-8 (publié en 9 livraisons).

Ce personnage singulier courait risque de rester échoué dans un coin de la *Biographie universelle*, qui lui consacre d'ailleurs une notice assez étendue, et dans le *Manuel du Libraire*, où la rareté du récit de son évasion lui a fait donner place, sans l'amendement Riancey à la loi sur la presse (1851), par suite duquel il fut défendu aux journaux d'insérer ce que l'Assemblée nationale se plaisait à appeler le *feuilleton-roman.*

Le *feuilleton-roman* ne pouvait être remplacé que par le *feuilleton-histoire.*

Il n'est certes pas un lettré de notre génération, ou de la précédente, qui n'ait lu, en livre ou en feuilletons, le récit des pérégrinations humoristiques de Gérard de Nerval à la recherche de *l'Histoire du sieur abbé comte de Bucquoy*, parcourue par lui devant l'échoppe d'un bouquiniste à Francfort, en vain demandée depuis à toutes les bibliothèques publiques de Paris, et enfin acquise, Dieu sait après quelles traverses et à quel prix! à la vente Motteley (1).

Ce morceau, d'un art parfait, à la fin duquel l'auteur s'excuse, en homme d'esprit qui en sait trop pour s'en faire accroire, d'avoir imité Lucien, Pétrone, Merlin Coccaie, Rabelais, Swift, Sterne, Diderot, entremêlé qu'il est de scènes de mœurs, de peintures de caractères, de paysages de l'Ile-de-France, de digres-

(1) M. Gérard de Nerval a fait présent de ce livre, payé 66 francs, plus les frais, à la Bibliothèque impériale. Il est de la seconde édition de 1719, sur laquelle nous réimprimons et dont nous donnons une bibliographie analytique à la suite des *Lettres de deux Dames*. *L'Histoire de l'abbé de Bucquoy* ne passe pas dans les ventes publiques de Paris plus souvent que tous les quatre ans. L'exemplaire de la vente Chedeau (1865), en condition ordinaire, a été adjugé au prix de 76 fr., plus les frais.

On ne connaît pas d'exemplaire de la première édition de 1718, dont le titre, transcrit dans la *Biographie universelle* Michaud, est le même que celui de l'édition de 1719, avec cette épigraphe en plus : « *Avec mesure.* »

sions littéraires, archéologiques, ethnographiques, empreintes de mélancolie ou colorées d'enthousiasme, qui font comme un cadre vivant et mouvant à l'histoire de la belle Angélique de Longueval (1), grand'tante de l'abbé, retrouvé, avec la généalogie des Bucquoy, aux Archives nationales, a mis celui-ci en vue, et l'étude que le même écrivain (ce substantif n'a pas besoin d'épithète s'appliquant à Gérard de Nerval) lui a consacrée depuis l'y a tenu.

Malgré le titre du volume où cette étude a été recueillie : *les Illuminés, ou les Précurseurs du socialisme* (2), l'abbé de Buc-

(1) C'est la première nouvelle du volume intitulé *les Filles de Feu*. Nous avons sous les yeux l'édition in-18 de Lévy, 1856, mais la première, autant qu'il nous souvienne, portait les noms de Giraud et Dagneau.

(2) In-18. V. Lecou, 1852. Tous les éléments de l'étude sur l'abbé de Bucquoy se trouvent dans les lettres sur son évasion et dans *l'Inquisition française* de Constantin de Renneville, moins l'épisode du ca-

quoy n'est pas un illuminé, et un précurseur du socialisme encore moins. Tout au plus serait-il ce qu'on appellerait de notre temps un *utopiste du passé*, quelque chose comme un Boulainvilliers dans de petites proportions, considérant la féodalité, décorée du nom de république, comme d'institution quasi divine.

Mais il n'avait ni l'érudition historique, ni la force systématique de celui de qui nous venons de le rapprocher ; au vrai, en religion comme en politique, l'abbé n'était qu'un homme à imaginations et à chimères. La sainteté de la vie érémitique le tenta, puis l'humilité du pédagogue ; il rêva ensuite la gloire de fondateur d'un ordre militant. Rentré dans le monde, son héros fut l'auteur du *Télémaque*, le législateur de la république de Salente.

Si possédé qu'on le voie de l'esprit d'il-

pitaine Roland, emprunté sans doute à quelque autre livre du temps.

lusion, l'abbé de Bucquoy l'était encore plus du démon du verbe. Après être resté quelque temps à la Trappe pour y mortifier l'organe qui chez lui était le plus disposé au péché, il se dédommagea tant qu'il put du silence qu'il y avait gardé. Les Jésuites, étonnés de sa faconde, tentèrent de l'attirer à leur ordre; — on l'arrêta et on l'incarcéra à cause de son intempérance de langue; — à l'étranger, il surprit par son flux de paroles, dont il tirait vanité après avoir en vain entrepris de le contenir. Dans la requête au roi publiée sous le nom de sa tante, la comtesse douairière de Bucquoy, il se plaint « de se voir hors d'état de faire du bien sur la terre, après avoir passé sa jeunesse pour joindre à quelques connaissances la *facilité de l'expression*, ce qui l'a le plus tourmenté. »

Les habitudes de la conversation sont lentes en Allemagne et en Hollande. L'abbé trouva dans ces deux pays, qu'il habita après son évasion, le genre d'attentions auquel il pouvait être le plus sensible. On le laissait aller, et il croyait donner beaucoup à réfléchir. C'est ce que Gérard de Nerval a spirituellement appelé ses « succès de salon ». L'électeur de Hanovre, depuis Georges Ier, qui l'avait bien accueilli et pensionné, ne pouvait croire qu'il ne se mêlât beaucoup d'imagination à l'abondance même du récit de ses aventures ; il doutait de leur complète réalité. Constantin de Renneville (1), autre fameux embastillé, la confirma, en septembre 1714, à ce prince, qui traver-

(1) Constantin de Renneville resta à la Bastille durant onze ans, du 16 mai 1702 au 16 juin 1713. Il est l'auteur de *l'Inquisition française, ou Histoire de la Bastille;* Amsterdam, 1724, 5 vol. in-12; ouvrage curieux et rare. C'est au tome 2 de son livre qu'il parle de l'incrédulité de Georges Ier relativement aux aventures de l'abbé de Bucquoy.

sait la Hollande pour aller prendre possession du trône d'Angleterre.

Visionnaire, utopiste, pamphlétaire, théologien et grand parleur, l'abbé de Bucquoy n'est resté intéressant que par ses évasions du For-L'Évêque et de la Bastille. Les lettres qui les racontent et que nous réimprimons aujourd'hui sont ses titres à la curiosité des moralistes et des lettrés, et, au contraire de la croyance commune et de celle de Gérard de Nerval lui-même, elles n'ont pas l'abbé pour auteur, mais Mme Anne-Marguerite Petit Du Noyer, protestante française réfugiée en Hollande, dont la biographie est bien connue.

Ici quelques considérations bibliographiques sont nécessaires.

Disons d'abord qu'elles se trouvent être les mêmes, ces lettres, sans un mot de plus ni de moins, dans *l'Histoire de l'abbé comte de Bucquoy*, édition de 1719, et dans les éditions *complètes* des *Lettres historiques et galantes* de Mme Du Noyer, publiées après la mort de cette dame.

La bibliographie de l'intéressant recueil connu sous le titre de *Lettres historiques et galantes* est loin d'être établie. On en connaît deux éditions complètes, posthumes : —Édition de 1739-41, Londres (Trévoux), Jean Nourse, 6 vol. in-12 ; — édition de Londres, 1757, 9 vol. in-12 ; celle-ci faite avec soin, terminée par une table des matières assez ample (1).

Le catalogue Falconet mentionne une édition, sans doute la première, à la date de 1697, et Quérard, dans *la France litté-*

(1) Un de nos correspondants nous signale une troisième édition complète, la première en date, publiée un an seulement après la mort de Mme Du Noyer, en 1720. (*Amsterdam*, Pierre Brunel, 4 vol. in-12). Il est à regretter que, dans ces éditions complètes, les dates des lettres, qui se suivent d'ailleurs dans un ordre chronologique, n'aient pas été conservées.

raire, en cite une de 1704, 7 vol. in-12. Toutes deux ne peuvent être que *partielles*. En effet, l'ensemble des *Lettres historiques et galantes* embrasse une période de vingt-cinq années; les premières sont relatives à des aventures antérieures au traité de Ryswick (1697) et les dernières à des événements des premières années de la Régence.

Quel a donc été au vrai leur mode de publication? Mme Du Noyer les écrivait-elle au fur et à mesure des événements pour les faire circuler manuscrites et les réunir ensuite en volumes ou fascicules, quand la matière était suffisante? Leur publication concordait-elle, au contraire, avec leur composition, étaient-elles une sorte de journal? On ne sait. Il n'est pas hors de propos de remarquer qu'à partir de 1710, Mme Du Noyer y a mêlé quantité de pièces empruntées à deux journaux qu'elle rédigea successivement : *le Nouveau Mercure ga-*

lant des cours de l'Europe (1710) et *la Quintescence* (1711-1719) (1). La rédaction des *Lettres historiques* était-elle donc son occupation principale, à laquelle elle ramenait ses autres travaux? Nouveau doute.

Après avoir constaté que le récit de l'évasion de l'abbé de Bucquoy était le même dans le recueil de 1719 et dans les *Lettres historiques et galantes* complètes, ne trouvant nulle part la mention d'une édition partielle, de 1711 à 1717, qui le contiendrait nécessairement, nous nous disposions à justifier par des raisons purement littéraires notre conviction que Mme Du Noyer en était l'auteur; mais, en analysant les pièces du recueil, nous avons trouvé que l'abbé de Bucquoy convenait du fait. Voici un passage décisif de sa préface :

(1) Ces deux journaux sont cités par M. Hatin dans son livre *les Gazettes de Hollande*, in-8, Paris, Pincebourde, 1865. Une partie considérable du second se trouve à la bibliothèque de l'Arsenal.

« J'ai suivi, avec le style, le génie qui se trouve dans les *Lettres galantes*, qui ont été si bien reçues du public. Ce sont deux dames qui s'écrivent, l'une de Paris et l'autre de La Haye, ce qu'elles apprennent de curieux. Rien de plus rare que les événements de M. du Bucquoy, et singulièrement son évasion de la Bastille. Rien de moins contraint que la méthode de ces deux dames qui, en style familier, se disent ingénûment ce qu'elles pensent d'un homme extraordinaire, en faisant le récit de sa vie. Ce contraste, amusant au tableau, n'y peut que servir de lustre comme de matière à tuer l'ennui, avec cette différence que la dame de La Haye (Mme Du Noyer) porte au bout de sa plume un air un peu plus peste que sa bonne amie de Paris. Tant mieux! Une petite malice à propos, sel ménagé, en piquant le goût, réveille mieux l'attention. Aussi, en dépit de son humeur enjouée, la dame de La

Haye, qui se charge d'un récitatif assez triste, mérite bien qu'on lui passe quelque chose. Mais, liberté tout entière! Est-il question de se gêner quand il s'agit de peindre un héros qui s'échappe de la Bastille! »

Voilà bien du style de l'abbé, aussi pénible et contourné que celui de Mme Du Noyer est direct et facile. La première phrase implique la publication antérieure des lettres sur l'évasion dans une édition, ou une livraison, des *Lettres historiques et galantes*, à retrouver.

Gérard de Nerval, à la recherche du recueil de 1719, avait lu le récit (qu'il supposait être un autre récit, un second récit) des aventures de l'abbé de Bucquoy dans les *Lettres historiques et galantes*, et il était sur le point de s'en contenter, quand un bibliophile lui dit : « Ne vous servez pas des *Lettres galantes;* le titre seul du livre empêchera qu'on le considère comme sérieux. » Le titre de ce livre est pourtant ce qu'il doit être. Les aventures amoureuses et les descriptions de fêtes y tiennent la plus grande place ; voilà pour le qualificatif de *galantes*. Quant à sa valeur *historique*, nous venons de la voir affirmée par un intéressé.

Mme Du Noyer ne déplaisait pas à l'abbé, quoique « peste » ; elle, de son côté, n'a pas laissé que de citer l'abbé dans les *Lettres historiques* postérieures à celles où elle raconte son évasion (1) quoique, ou parce que très-bavard (2).

(1) Lettres LXXI à LXXVI inclusivement, éd. de 1741.

(2) La bonne dame s'exprime avec une vivacité toute féminine, même dans ses [*Lettres relatives à l'évasion*, sur la faculté excessive qu'avait l'abbé de parler vite et longtemps. Voir p. 81 de notre réimpression.

On nous signale une énigme de Dufresny dont le mot est *langue*, dans le *Mercure galant* de novembre 1710, *à propos de l'incarcération de l'abbé de Bucquoy, qui avait parlé trop librement du ministère* ; elle est re-

Lettre LXXVIII, p. 338, t. III, édition de 1741 :

« On me mande de La Haye que l'abbé

produite dans la LXXVIIe des *Lettres historiques*, t. III, p. 381, édition de 1741 :

Je commande aux humains, et tout homme est mon maître,
Ou du moins tout homme peut l'être ;
Les dieux exprès pour moi bâtirent un palais ;
J'habite un logement où je n'entrai jamais ;
Dans un abîme on voit le lieu de ma naissance ;
Dans mes tendres liens je reste avec constance,
Comme Socrate en sa prison ;
Je suis libre, et suivant quelquefois la raison,
Souvent, ainsi qu'un fol, j'obéis au caprice
De la rage et de l'injustice.
De Calvin, en public, j'ai soutenu l'erreur ;
Lorsqu'un savant compositeur,
Du feu d'enfer bravant la rage,
A fait, pour me flatter, un dangereux ouvrage,
J'en suis juge définitif ;
Mon sentiment primitif
N'est point sujet à dispute ;
Lorsque contre l'air je lutte,
Aux plus déterminés mes mouvements font peur ;
Sans me voir, on m'entend, ainsi que le tonnerre.
Mon air réussit mieux à la cour qu'à la guerre.
Au médecin, sans bruit, j'annonce mon malheur.
Du grand Nostradamus la centurie ancienne
Dit qu'aucuns animaux mordants,
Téméraires, outrecuidants,
Perdront leur liberté en me donnant la mienne.

de Bucquoy se donne de terribles mouvements dans ce pays là pour faire réussir son projet contre le despotisme. Je ne sais s'il trouvera le secret de persuader. La conjoncture n'est pas favorable pour lui, et la malheureuse catastrophe de l'abbé de Guiscard (1), qui avait joué un rôle à peu près pareil dans les pays étrangers, outrant même les choses par des libelles injurieux contre la cour, et qui dans les suites s'est trouvé coupable du crime de haute trahison en Angleterre, va bien diminuer la confiance qu'on aurait pu prendre en ces échappés de France qui vont partout faire les plaignants. »

Lettre LXXXIX, t. IV, p. 177, même édition :

« Vous poussez l'exagération jusqu'à me souhaiter toute la volubilité de discours et la superfluité de paroles de l'abbé de B. »

(1) Voir la note de la page 16.

Lettre XCVI, t. IV, p. 407, relative au congrès d'Utrecht et aux pamphlets auxquels il donna lieu :

« L'abbé de Bucquoy, dont je vous ai parlé dans mes précédentes, et que l'électeur d'Hanovre a retenu dans sa cour, comblé de bienfaits et honoré d'une pension considérable, l'abbé de Bucquoy, dis-je, s'est aussi mis sur les rangs dans cette occasion, et il vient de faire imprimer un petit ouvrage intitulé : *le Livre de l'Europe*, dans lequel il prétend prouver la non-validité des renonciations du roi Philippe V, et détruire la confiance qu'on pourrait prendre pour le gouvernement de la France. »

Ces passages glanés dans les *Lettres historiques*, et les détails sur la vie de l'abbé de Bucquoy à Herrenhausen, qu'on trouvera dans l'*Appendice*, sont tout ce que nous avons à ajouter à l'article que la *Biographie universelle* Michaud lui consacre (1). Les éléments de cet article sont d'ailleurs puisés dans les lettres relatives à son évasion, qu'on va lire, si l'on en excepte la date de sa naissance, fixée à l'année 1650, et celle de sa mort à l'année 1740, le 14 octobre (2). Cet original mourut donc presque nonagénaire. Il appartenait à une branche champenoise des Bucquoy, dont le nom patronymique était Longueval. L'écu des Bucquoy était bandé de vair et de gueules : « Cela se retrouve, dit Gérard de Nerval, dans toutes

(1) La *Biographie universelle* dit qu'après son évasion l'abbé se réfugia en Suisse et qu'il y resta jusqu'en 1714, année où le général Schulembourg le mena à Hanovre ; assertion évidemment fausse, puisque nous venons de le voir pamphlétaire à Utrecht en 1712. On lit d'ailleurs dans la troisième lettre de la dame de La Haye que l'abbé quitta la Suisse après la rupture des conférences de Gertruydenberg. Il était donc en Hollande dès 1710.

(2) La *Biographie* ne dit pas où l'abbé laissa son petit mobilier, qui pouvait valoir 4 à 5,000 livres, à l'église catholique de Hanovre, dans la communion de laquelle il avait toujours vécu.

les branches, soit de Picardie, soit de l'Ile-de-France, soit de Champagne. »

L'abbé de Bucquoy passa les dernières années de sa vie dans une retraite misanthropique, négligeant son extérieur, laissant croître sa barbe, et s'entretenant avec lui-même autant qu'il avait autrefois parlé devant les autres. Ses soliloques de cabinet existent sous la forme de plusieurs traités de théologie, aussi rares sans doute que son recueil de 1719, car, après trois mois de recherches, il ne nous a pas été donné de pouvoir en parcourir un seul (1).

(1) En voici les titres, d'après *la France littéraire* de Quérard, qui ne les transcrit pas *de visu : De Dieu, de la vraie et fausse religion*. Hanovre, 1732, in-8° ; — *L'Antidote à l'effroi de la mort ;* — *Essai de méditation sur la mort et sur la gloire ;* 1736 ; — *Pensées sur l'existence de Dieu ;* — *Préparatifs à l'antidote à l'effroi de la mort ;* — *Véritable esprit de la belle gloire.* — Les *Préparatifs* et le *Véritable esprit* ont été traduits en allemand.

Aux écrits de circonstance de l'abbé de Bucquoy, analysés dans l'*Appendice*, il faut ajouter *le Livre de l'Europe*, cité par Mme Du Noyer, et *la Force d'esprit, ou la belle mort*, récit de ce qui s'est passé au décès d'Antoine Ulric, duc de Brunswig; Luneboung, 1714. — Nous n'avons pu voir ni l'un ni l'autre de ces opuscules.

LETTRES

DE

DEUX DAMES

AU SUJET DE

L'ABBÉ DE BUCQUOY

Dont l'une est à Paris, et l'autre à La Haye

LETTRES

DE

DEUX DAMES

AU SUJET DE

L'ABBÉ DE BUCQUOY

Dont l'une est à Paris et l'autre à La Haye

PREMIÈRE LETTRE

A La Haye, avril 1711.

Madame,

Quel intérêt prenez-vous tant à l'abbé de Bucquoy, pour me donner si peu de répit à vous instruire de son histoire? Y auroit-il eu quelque mystère de cœur entre vous deux? L'aimez-vous sur sa seule réputation? N'est-ce que la curiosité qui vous tient? Mais croyez-vous que je n'aie que son évasion de la Bastille en tête, et vous imaginez-vous que ce soit chose si facile que d'avoir un détail bien assuré d'un événement aussi rare, et que la plupart du monde regarde ici comme une fable? Sans ce que vous m'en dites en gros, je n'y ajouterois moi-même aucune foi. J'avois certainement besoin de votre témoignage pour m'engager à un plus ample éclaircissement. Je ne veux pas trop vous faire valoir mes soins. Ce sont des jugements différents à ne pas finir qu'on fait ici de votre abbé. Presque un chacun veut même que le vrai abbé de Bucquoy, accusé de soulèvement et arrêté en Bourgogne, soit toujours à la Bastille pour n'en jamais sortir. Ainsi fait-on d'ordinaire passer par l'étamine le pauvre étranger qui s'attire quelque attention. J'en ai eu ma part comme d'autres. Par bonheur qu'un de mes amis sort de chez moi, qui voit presque tous les jours chez les ministres cet ennemi irréconciliable du despotisme de la France. Comme il a eu le loisir de s'instruire de ses aventures, c'est pour satisfaire à votre impatience que je vous fais part de tout ce que j'en ai appris.

Histoire de l'abbé comte de Bucquoy.

L'abbé de Bucquoy est homme de condition, neveu de la comtesse de Bucquoy, que nous avons vue au Palais-Royal. Il devint orphelin à quatre ans, et jusqu'à dix-sept il fut occupé aux études et autres exercices auxquels on a coutume d'exercer la jeunesse. Il y réussit très-bien, et n'eut pas un moindre succès dans le métier des armes, qu'il prit en sortant de la classe, et dans lequel il resta cinq ans, c'est-à-dire jusqu'à sa vingt-deuxième année. Il vécut pendant ce temps-là comme la plupart des petits-maîtres, qui, sans se beaucoup embarrasser des matières de la religion chrétienne, prétendent fort mal à propos être de celle des honnêtes gens, parce qu'ils vivent en gens d'honneur et qu'ils ne font tort à personne Monsieur de Bucquoy étoit de cette catégorie, et proprement ce qu'on appelle *déiste*, lorsque dans un très-grand péril il promit à Dieu d'examiner mieux les choses et de chercher la vérité avec soin. Échappé comme par miracle d'un danger dont il avoit été menacé, il songea de bonne foi à accomplir son vœu, et fit pour cela une retraite à Strasbourg, chez les PP. Jésuites, où il travailla uniquement à connoître les vérités qu'il avoit jusqu'alors négligées. La lecture des *Épîtres* de saint Paul lui fut d'un grand secours ; car, ayant lu avec application le quatrième chapitre de celle que cet apôtre a écrite aux Romains, il s'écria tout d'un coup : « J'adore le Dieu de saint Paul ! » Le voilà tout rempli d'onction et animé de zèle. Il résolut de renoncer à toutes choses pour songer uniquement à son salut, et de quitter non-seulement le service, mais même le monde, et de se faire chartreux. Il postula quelque temps pour cela ; mais il changea de dessein, parce que, lorsqu'il alloit voir le prieur, ce bon père lui demandoit ordinairement des nouvelles ; ainsi croyant que l'on entretenoit toujours dans cette maison quelque espèce de correspondance avec le monde, et voulant rompre entièrement commerce avec lui, il ne regarda plus cette solitude, quelque grande qu'elle soit, comme un asile assez sûr, et se détermina pour la Trappe (1), où il savoit qu'il régnoit un silence sans interruption. Persuadé, comme dit saint Jacques, que la langue est la source des plus grands maux, il résolut de tenir la sienne en bride, et fut se jeter pour cela parmi les anachorètes modernes, dont la vie est si extraordinaire, et auxquels la pénitence d'un abbé autrefois très-mondain a fait donner des règles si austères, qu'elles sont presque au-dessus des forces de la nature humaine, capables de faire succomber le corps sous les efforts que l'esprit est obligé de faire pour les accomplir. L'abbé de Bucquoy s'y soumit; mais sa santé ne secondant pas sa ferveur, il fut obligé de quitter un genre de vie que son tempérament ne pouvoit plus soutenir, et qui l'auroit jeté dans un épuisement le plus grand du monde. Il s'étoit mis en tête de ne perdre jamais d'un moment la présence de Dieu, et s'étoit

(1) L'abbaye de la Trappe, au Perche (département de l'Orne, arrondissement de Mortagne), réformée par l'abbé de Rancé (1663).

imposé pour pénitence, toutes les fois qu'il se surprenoit dans quelque autre pensée, de mettre le doigt en terre. Une application de cette nature l'avoit entièrement affoibli, et enfin, après avoir été édifié de la vie et de la mort de ces religieux, il prit congé de la communauté, et, ne se croyant pas propre à la vie contemplative, il voulut imiter celle de saint Ignace, et de quelques autres qui ont erré à pied dans le monde, et reprit ainsi le chemin de Paris.

Lassé par la fatigue du voyage, et épuisé par ces longues abstinences, il entra, pour se rafraîchir, dans une vigne qui se trouva sur son passage, et cueillit des raisins que la saison lui offroit ; mais, ayant été insulté par un manant qui le surprit sur le fait, il oublia dans un moment toutes les leçons de modération et d'humanité qu'on lui avoit données à la Trappe, et tira l'épée contre cet homme, qui, fuyant tout épouvanté, le laissa maître du champ de bataille, et en état de faire des réflexions sur son emportement.

Fâché d'avoir perdu par là le fruit de

tant de combats qu'il avoit été obligé de soutenir contre lui-même, il voulut, pour se punir et pour s'humilier, se dépouiller d'un habit galonné qu'il avoit sur le corps, et qui étoit le seul reste de son ancienne mondanité. Il le troqua contre les habits du premier pauvre qu'il rencontra, et continua ainsi sa route.

Sa santé se trouva si affoiblie après ce pénible voyage, qu'il fut plus de deux ans avant de la pouvoir rétablir.

Pendant ce temps-là, il fut incertain sur le parti qu'il avoit à prendre, mais toujours déterminé à renoncer au monde. Enfin, après avoir repris une partie de ses forces, il choisit un genre de vie un peu plus conforme à son tempérament, mais en même temps propre à humilier l'orgueil qu'il reconnoissoit être sa passion dominante.

Il fut à Rouen incognito et sous un nom supposé, prenant celui de *Le Mort*, afin de se souvenir qu'il devoit mourir ; il se mit dans une communauté ou séminaire dans lequel on élevoit de pauvres garçons qu'on destinoit à être vicaires de village, bornant toute son ambition à avoir un pareil sort. Il se distingua là dedans par une grande régularité de mœurs. Comme il avoit une facilité grande à parler, et qu'il étoit peut-être bien aise de se dédommager du silence qu'il avoit gardé à la Trappe, car nature, dit-on, ne veut rien perdre, il parloit, et avec beaucoup de ferveur, sur le chapitre de la religion, et son éloquence fut cause que les Jésuites de Rouen eurent envie de le connoître, et ensuite de l'attirer parmi eux ; mais il refusa d'y entrer, de peur d'y rencontrer sous une autre forme le monde qu'il vouloit absolument fuir. Mais quelque forme qu'il eût lui-même prise, et malgré son déguisement, il fut reconnu par un officier de ses anciens amis.

Cette découverte augmenta de beaucoup la considération qu'on avoit déjà pour lui à Rouen, et les éloges que cela lui attira l'obligèrent d'en partir, de peur de réveiller l'amour propre chez lui.

Il revint à Paris aussi affoibli que la première fois, et hors d'état de pouvoir s'appliquer, sa tête étant entièrement usée.

Dans ce temps-là on parloit de faire une descente en faveur du roi Jacques, et l'abbé de Bucquoy, qui croyoit que c'étoit la bonne cause, voulut, pour la défendre, passer en Irlande avec M. de Lauzun (1). Sa mauvaise santé ne lui permit point d'exécuter ce projet ; elle empira même si fort, qu'elle le mit ensuite hors d'état d'entrer dans le séminaire étranger (2), comme il se l'étoit proposé. Il fut près de quatre ans entre la vie et la mort, accablé par des maux de poitrine qui ne lui permettoient ni de parler, ni d'écrire, et vivant inconnu.

Enfin, après avoir tenté bien des remèdes inutiles, il essaya le changement d'air, qui lui réussit mieux que le reste. Il loua une maison au faubourg Saint-Antoine, et son zèle ne lui permettant pas de rester inutile, il voulut fonder une communauté de prêtres, pour prouver la vérité de la religion.

Ce nouvel établissement lui attira beaucoup de procès. Sa santé en fut de nouveau

(1) 1691.

(2) Aux Missions-Étrangères.

altérée, et son zèle se refroidit ; et sur ce qu'ayant vécu jusque-là comme un saint, il n'avoit pourtant point fait de miracles, il crut n'avoir embrassé qu'une chimère : sa foi s'en ébranla ; de moins dévot il en devint plus sage, et voulant régler sa conduite sur ses connoissances, il réforma suivant ce principe toute sa conduite passée, et résolut de rentrer dans le monde.

Ses parents, qui ne savoient depuis longtemps ce qu'il étoit devenu, furent surpris de le revoir. Il lui tomba dans ce temps-là un bénéfice ; mais, dégoûté de la vie ecclésiastique par le déréglement de la plupart des prêtres, il résolut de rentrer dans le service. Ce fut un nouveau système de créance et de conduite par l'étude de la philosophie, surtout de la métaphysique ; et, croyant, après la bataille d'Hochstett (1), pouvoir se rendre nécessaire, et avoir occasion de faire sa fortune et de

(1) Celle de 1704, gagnée contre les Français par le prince Eugène de Savoie et le duc de Marlborough. Les Anglais lui ont donné le nom de bataille de Blenheim.

relever sa famille qui avoit été fort abaissée par les dépenses du feu comte de Bucquoy, son oncle, et par les chagrins que Monsieur de Louvois avoit pris contre lui, il résolut de faire un régiment.

Une vie si dissipée et si différente de celle qu'il avoit menée jusqu'alors ne pouvoit qu'altérer sa dévotion, s'il est vrai qu'elle consiste dans un genre de vie extraordinaire. Il fut bientôt connu et reçu partout, et passa chez les savants pour un homme qui sur-le-champ parloit avec beaucoup de force et de netteté de toutes les sciences les plus profondes et les plus abstraites.

Il s'étoit déjà fait beaucoup de protections, et il étoit sur le point de lever son régiment, lorsque étant auparavant allé faire un voyage en Bourgogne pour y réconcilier une famille de considération, il fut arrêté dans ce pays-là, sous prétexte d'y avoir voulu fomenter, de même qu'en Champagne, un soulèvement, à la faveur de cinq ou six mille faux-sauniers (1) détachés des

(1) C'étaient des révoltés par la misère et la

frontières de Lorraine, et qui, répandus à droite et à gauche dans les deux provinces que je viens de nommer, alloient à main armée vendre le sel quasi jusqu'aux portes de Paris.

L'abbé de Bucquoy avoit été obligé de voir en Bourgogne le comte de la Rivière, qui en étoit lieutenant de roi, et il commença de lui devenir suspect par la manière dont il parloit contre le despotisme. Ensuite, passant à Saulieu (1), sur le grand chemin de Lyon, pour s'en retourner à Paris, il y rencontra deux de ses amis, qui venoient d'être taxés (2), et qui en étoient de fort mauvaise humeur.

tyrannie du temps, religionnaires, soldats réfractaires ou déserteurs, etc., etc. Ils marchaient en petites bandes. Saint-Simon fait exceptionnellement mention d'une bande de 300, à la date de 1707. (Voir *Mémoire*, éd. Hachette, in-8, t. VI, p. 125.)

Relativement aux gabelles, la Bourgogne était plus heureuse que les pays d'élection. (Voir *Une Province sous Louis XIV*, par Alexandre Thomas. Paris, 1849. In-8, p. 81.)

(1) Département de la Côte-d'Or.

(2) Sans doute deux gentilshommes que les asses-

Ces messieurs le prièrent à dîner, et l'engagèrent dans une conversation qui dura plus de deux heures, et dans laquelle il s'attira toute l'attention du monde, fronda le despotisme, et forma un plan de gouvernement propre à faire la félicité publique. L'hôte et toutes les personnes qui étoient dans ce cabaret en furent charmés, et dans la suite lui firent un crime d'une conversation qu'ils avoient admirée.

Enfin, étant arrivé à Marsangis (1), village à deux lieues de Sens, et qui étoit le lieu fatal où il devoit perdre sa liberté, il entra dans la cuisine et demanda de la soupe. L'hôtesse lui fit goûter son bouillon ; mais l'ayant trouvé trop salé, il dit en plaisantant, qu'on voyoit bien que le sel étoit à bon marché dans ce pays-là, et que les faux-sauniers y avoient amené l'abondance.

L'hôtesse se défendit d'en avoir jamais acheté de ces gens-là, et conta en même

seurs n'avaient osé taxer suffisamment et que l'intendant avait taxés d'office.

(1) Département de l'Yonne.

temps la nouvelle de leur défaite (1) : comme on les avoit attaqués ; que les chefs, après une vigoureuse défense, s'étoient fait tuer, et que tout avoit été ensuite taillé en pièces, à la réserve d'une trentaine de charretiers qu'on avoit menés dans les prisons chargés de fers.

L'abbé, qui faisoit l'étonné, surpris de cette nouvelle, s'écria : « Voilà des pauvres diables bien attrapés ! s'ils avoient eu un homme comme moi à leur tête, leurs affaires seroient en meilleure posture ; cela ne leur seroit pas arrivé. » Et là-dessus donnant carrière à son imagination, il parla de la manière dont il se seroit conduit dans un cas pareil, et déclama ensuite contre les impôts et autres choses de cette nature, par lesquelles on met les peuples au désespoir.

Cette conversation ne fut pas du goût

(1) Gérard de Nerval suppose subtilement que l'observation de l'abbé put être prise en mauvaise part par l'hôtesse bourguignonne, à cause de l'épithète injurieuse de *salé*, accolée au nom de Bourguignon depuis le quinzième siècle.

d'un misérable recors de village qui par hasard se trouvoit là, mais que l'abbé ne voyoit pas. Ce recors eut le front de lui demander qui il étoit. Mais ayant été relancé avec hauteur, ce misérable s'avisa, pour s'en venger et pour se rendre recommandable, et croyant avoir fait une découverte importante, d'aller chercher un exempt de la maréchaussée qui enfermoit du foin dans le voisinage, et qui vint, sous ces auspices, escorté de cinq ou six satellites.

Ils arrêtèrent l'abbé de Bucquoy dans ce cabaret. Il voulut d'abord se servir de ses pistolets pour réprimer leur insolence, mais la cohorte grossissant, et la rumeur augmentant de beaucoup, il fut pris et même maltraité. On le trouva nanti de livres qui ne traitoient que de révolutions, d'un masque, de quantité de petits bonnets (1), et de tablettes toutes chiffrées.

Se voyant entre les mains de ces canailles, il voulut, pour s'en tirer, entrer en

(1) Gérard de Nerval n'a fait aucune réflexion sur ces *petits bonnets*, mais les a soulignés, sans doute avec plaisir.

composition avec eux, et l'expédient auroit pu réussir, si le v ndicatif recors ne l'eût empêché.

On publia d'abord qu'il étoit l'abbé de La Bourlie, connu depuis sous le nom de marquis de Guiscard (1), et par conséquent un perturbateur du repos public. Le prévôt de Sens, que l'on manda sur-le-champ, détruisit cette opinion; mais cependant il signifia à l'abbé un ordre qu'il avoit reçu de la cour, d'arrêter tous les voyageurs de quelque qualité et condition qu'ils fussent, et la nécessité où il étoit par là de le mener dans les prisons de Sens, en attendant qu'il pût donner de bons témoignages de sa

(1) Antoine de Guiscard, abbé de La Bourlie, d'une vieille famille du Quercy, qui, pendant la guerre des Cévennes, avait tenté de soulever le Rouergue. On a de lui : *Mémoires du marquis de Guiscard, dans lesquels sont contenues les entreprises qu'il a faites dans le royaume et hors du royaume de France pour le recouvrement de la liberté de sa patrie.* Delft, 1705, in-12.

Ce titre indique que l'abbé de La Bourlie était dans les mêmes sentiments que l'abbé de Bucquoy. Il n'y resta pas fidèle. Voir la *Biographie universelle.*

conduite. Tout ce que l'abbé put en obtenir, ce fut de n'y être conduit que de nuit, et pour cela il feignit de se trouver mal en chemin. Enfin il y arriva sur le pied d'un homme accusé d'avoir parlé contre le roi, et d'être le chef des faux-sauniers qu'on venoit d'exterminer.

Il auroit souhaité que l'on n'eût pas su sa détention, de peur que l'archevêque de Sens (1), avec lequel il avoit eu des procès, et qui lui en vouloit depuis cinq ou six ans, ne lui rendît de mauvais offices. L'empressement de ses amis rompit ses mesures, en répandant le bruit de son emprisonnement.

Le présidial de *Sens* faisoit alors le procès à cette trentaine de malheureux, reste des faux-sauniers, et le prévôt de Melun avoit été envoyé de la cour pour y travailler. Celui-là trouvant que l'abbé de Bucquoy avoit été un peu trop légèrement arrêté, en dit son sentiment au prévôt de Sens ; puis, craignant qu'au cas qu'il pût se tirer d'affaire, il ne lui en suscitât ensuite

(1) Hardouin Fortin de la Hoguette (1685-1715).

à lui de fâcheuses, résolut de le perdre absolument.

Le moyen s'en offrit. Il sut que l'abbé étoit mortellement brouillé avec l'archevêque de Sens. Ce prélat, en effet, écrivit en cour, et le dépeignit comme un homme inquiet, d'un esprit remuant, et même dangereux ; ensuite il donna ordre au prévôt de remonter toute la route qu'il avoit suivie pendant son voyage, afin de démêler sa conduite, et ce fut alors que l'on sut la manière dont il avoit parlé au comte de la Rivière, la conversation de Solieu, et que l'on forma là-dessus des procédures et des accusations très-graves.

Pendant ce temps-là il avoit eu la liberté du préau, et il avoit su par ses amis que le pis qui lui pouvoit arriver étoit d'aller passer quelque temps dans un séminaire pour avoir mis le pistolet à la main contre ceux qui l'avoient arrêté. Il offrit de s'y aller remettre lui-même, et se justifia sur le masque, les petits bonnets, et autres choses qu'on avoit trouvées sur lui. Enfin son affaire prenoit un assez bon train, lorsque les informations du prévôt de Sens lui firent prendre une tout autre face : il en fut averti, et chercha à s'évader en soulevant quantité de prisonniers qu'on avoit arrêtés sans raison sur les grands chemins et obligés, pour se tirer d'affaire, à prendre parti dans le régiment du comte de Tonnerre. Il vouloit aussi mettre les trente faux-sauniers dans son parti, et procurer par là la liberté aux uns et aux autres ; mais on ne lui laissa pas le loisir d'exécuter ce projet, car on le tira des prisons de la ville pour le mettre dans celles de l'Officialité.

Ce fut là un coup de Jarnac de l'archevêque, qui, sous prétexte de lui faire faire des compliments, lui envoya des gens qui avoient ordre de l'espionner. Il ne parla plus à personne, et le comte de Châteauneuf ne put obtenir qu'avec bien de la peine la permission de l'aller voir. Ainsi, voyant que les choses prenoient un mauvais tour, il fit de nouveaux efforts pour se sauver, et engagea la fille du concierge à lui en faciliter les moyens. Mais à peine avoit-on commencé à prendre des mesures là-dessus, qu'on vint, à deux heures après minuit, le faire lever brusquement, et après lui avoir mis fort civilement les fers aux mains et aux pieds, sous prétexte qu'étant un homme fort actif il falloit s'assurer de lui, on le fourra dans une chaise escortée par une douzaine d'archers, qui prit en toute diligence la route de Paris.

Il arriva dans cette mortifiante situation à Montereau (1), qui étoit le lieu de la dînée, et où il excita la curiosité de toutes les personnes qui le virent. Il y fit pourtant bonne mine, dîna à table en philosophe, et trouva même le secret de jeter, sans qu'on y prît garde, des papiers qu'il avoit sur lui, et qui auroient pu n'aider pas à ses affaires.

Les gardes, qui savoient qu'il avoit fait quelque tentative pour se tirer des prisons de Sens, lui dirent alors en badinant, que pour le coup ils le défioient de s'échapper de leurs mains. Il leur répondit que son innocence et leurs précautions l'empêchoient d'y penser. Cependant il l'essaya

(1) Montereau-Faut-Yonne (Seine-et-Marne)

le soir même, et lorsqu'on fut arrivé à Melun, où on devoit coucher, il fit le malade. afin d'empêcher que les gardes ne couchassent avec lui; et, en effet, ils donnèrent dans ce panneau et se contentèrent de l'enchaîner par un pied à une des colonnes du lit.

Ainsi, dès qu'il les crut tous endormis, il se leva doucement, et après avoir soulevé le ciel du lit de dessus les quatre colonnes, il fit sortir sa chaîne par le haut de celle où on l'avoit attaché; ainsi elle ne tint plus qu'à son pied; il la lia à sa ceinture, et profitant du silence qui régnoit dans cet appartement, il songeoit à gagner la fenêtre, lorsque, marchant pour cela à tâtons, il alla donner contre les souliers d'un des gardes, qui étoit couché par terre, et qui, s'éveillant en sursaut, mit bientôt l'alarme parmi ses camarades.

On courut chercher de la chandelle, et l'on fut fort surpris de voir que l'abbé étoit non-seulement déchaîné, mais même qu'il s'étoit saisi de la plus grande partie de leurs armes et du sac où étoit le procès.

Ils le désarmèrent pourtant, ou plutôt il se désarma lui-même, voyant bien que son coup étoit manqué. Il espéroit apparemment de trouver une meilleure occasion, puisqu'il s'est sauvé du For-l'Évêque et de la Bastille.

Contre la promesse qu'on lui avoit faite d'adoucir ses fers, il fut doublement enchaîné : on lui fit mille insultes, le traitant de sorcier, parce qu'on ne pouvoit pas comprendre par quel moyen il avoit pu arracher sa chaîne de la colonne du lit. Enfin, continuant toujours la même route, on lui fit traverser Villeneuve-Saint-Georges (1), avec les fers aux mains et aux pieds ; et quoique, suivant les règles, on dût, en arrivant à Paris, le mener droit en prison, on lui fit d'abord mettre pied à terre à la *Clef d'argent*, rue de la Mortellerie, où tous les gens de Sens ont accoutumé de débarquer, ses gardes voulant faire comme parade de leur importante capture.

Deux hoquetons (2) le conduisirent enfin

(1) Département de Seine-et-Oise.

(2) Archers du grand prévôt. Ils tiraient leur

au For-l'Évêque, où je crois qu'il est à propos de le laisser jusqu'à nouvel ordre; encore faut-il se donner le temps de respirer. Je ne sais si vous ne vous ennuyez point d'entendre toujours parler de la même chose; mais je vous avoue que je me lasse de traiter toujours le même sujet, et qu'il a fallu un motif aussi puissant que celui de vous faire plaisir, pour m'engager à une narration aussi suivie., car j'aime la diversité en toutes choses. Cependant je me suis surpassée aujourd'hui, et jamais curé de village, en faisant le panégyrique du patron de sa paroisse, n'est entré dans un plus grand détail que celui que je viens de vous faire de la vie de l'abbé de Bucquoy, car je n'en ai pas laissé échapper la moindre circonstance qui m'ait été connue, je l'ai suivi dans tous ses différents états, même jusqu'à la Trappe. J'espère que vous me tiendrez compte de mon exactitude et attention sur tout ce que vous souhaitez.

nom de leur *hoqueton*, sorte de casaque brodée d'une masse hérissée de pointes, avec cette devise : *Monstrorum terror.*

Je voudrois pourtant bien savoir à propos de quoi vous me faites écrire cette légende, et à quoi une pareille histoire peut vous être bonne. Non, cette curiosité gâteroit le mérite de ce que je viens de faire; la véritable complaisance ne doit rien examiner; je veux en suivre les lois, et, en ne me proposant pour but que le désir de vous plaire, vous faire connaître combien je suis, madame, votre très-humble, etc.

LETTRE DEUXIÈME

De Paris.

Il n'y a rien de plus obligeant que votre procédé, madame; vous faites plaisir à vos amis de la meilleure grâce du monde, et l'on dira de vous, comme on dit de notre monarque, qu'il oblige doublement par la manière dont il accompagne les bienfaits, car vous suivez le même modèle. J'avoue que par là vous me mettez dans mon tort, et j'ai de la confusion au sujet de l'empressement que j'ai eu à vous faire raconter cette histoire. Il est vrai, comme vous le dites, qu'elle a tout l'air d'une légende de quelque saint, et que tous ces différents accès de dévotion, et ces genres de vie extraordinaire, sentent tout au moins le fondateur de quelque ordre monastique. Vous ne comprenez point le sujet de ma curiosité là-dessus. Vous avez raison, me connoissant comme vous faites ; car vous savez bien que je lis moins la *Légende dorée* et la *Vie des Saints* que *Théophraste* (1), *Télémaque*, et autres livres de cette nature : ce n'est donc point tout ce fanatisme de l'abbé de Bucquoy qui m'a mise dans le goût de ses aventures, mais bien son évasion de la Bastille, dont j'ai ouï parler ici, et que j'ai d'abord traitée de fable. Et lorsqu'on m'a dit qu'il étoit passé dans les pays étrangers, j'ai cru qu'à portée d'en

(1) C'est-à-dire La Bruyère. Le titre original de son livre est *Les Caractères de Théophraste, traduits du grec ; avec les Caractères ou les Mœurs de ce siècle.*

savoir des nouvelles, vous voudriez bien m'en donner, et que je pourrois apprendre par votre moyen comment il a pu tenter, et même réussir, dans une chose qu'on regarde comme impossible.

Voilà l'endroit par où il a excité ma curiosité et celle de bien des personnes à qui j'ai promis de faire part de ce que vous m'en diriez. Je ne vous avois même d'abord demandé, ce me semble, que l'histoire de son évasion ; vous avez voulu prendre les choses de plus loin, en me faisant celle de sa vie; je vous en suis bien obligée, et votre précaution n'en est que meilleure, comme vous le dites. Connoissant par là le caractère de la personne, on en peut plus aisément comprendre de quoi elle est capable.

J'espère qu'après avoir conduit les choses aussi loin, vous voudrez bien ne pas être obligeante à demi et que vous reprendrez le fil de votre narration où vous l'avez laissée. L'époque en est trop bien marquée pour ne pas vous en souvenir, puisque c'est au For-l'Évêque que vous avez laissé l'abbé de Bucquoy. Toutes les scènes ennuyeuses sont passées, et comme nous approchons du dénoûment, le bel endroit va sans doute venir. Je l'attends avec impatience, et suis avec toute la reconnoissance que je dois pour vos soins présents et à venir, madame, votre très-humble et très-obéissante servante.

LETTRE TROISIÈME

De La Haye.

Vous avez raison, madame, il ne faut pas rester en si beau chemin, et je n'ai garde de laisser plus longtemps l'abbé au For-l'Évêque, où je l'ai conduit dans ma précédente : nous allons tâcher de l'en tirer, ou plutôt de voir comment il s'en tirera lui-même. Mais nous ne sommes pas encore si près du dénoûment que vous pensez. Il faudra encore le mener à la

Bastille, et nous avons bien du chemin à faire. Il faudra aller pied à pied. Je ne sais point si toutes les scènes ennuyeuses sont passées ; en tout cas, nous les essuierons de moitié, et comme vous voyez, c'est moi qui fais les avances, puisqu'il faut que je les écrive avant que vous les lisiez. Vous trouvez dans cet abbé du rapport avec certains fondateurs d'ordres monastiques. Je le crois bien; car, n'ayant pu réussir à être Hilarion ou Pacôme, il s'étoit mis dans la tête d'imiter saint Ignace de Loyola et saint Alexis. De quoi, échauffé par la dévotion, ne s'avise-t-on pas ?

Question à part, comme je vous l'ai dit, deux hoquetons le conduisirent au For-l'Évêque, où il resta huit jours sur le préau. C'est là où il prit soin d'imaginer plusieurs moyens pour se sauver; mais son interrogatoire rompit toutes ses mesures, et, contre l'ordinaire, après l'avoir subi, il fut resserré, ne parla plus à personne, et passa pour un homme perdu.

Cela ne le découragea point. Il se souvenoit d'avoir ouï dire qu'un exempt des gardes du corps avoit pu se sauver de cette prison par la fenêtre d'un grenier qui donnoit sur le quai de la Vallée de Misère (1), et qu'il avoit manqué son coup par l'horreur qu'il avoit eue du précipice, et avoit eu ensuite la tête tranchée. Ainsi, profitant de cette leçon meurtrière, l'abbé se résolut de tenter ce que le pauvre exempt n'avoit osé risquer.

Il tâcha premièrement de s'orienter et de savoir la carte de cet affreux séjour : il comprit que le grenier en question servoit d'antichambre à sa petite cellule, et étoit en même temps le garde-meuble de toute la maison. Après cette première idée, voulant être sûr de son fait avant de rien entreprendre, il feignit de se trouver mal, un jour qu'on le ramenoit d'en bas, et, s'appuyant auprès d'une des lucarnes de ce grenier, il pria le geôlier qui le conduisoit

(1) Le For-l'Évêque était situé entre la rue Saint-Germain et le quai de la Mégisserie, auquel faisait suite la Vieille-Vallée de Misère. (Piganiol, *Description de Paris*, t. II, p. 161, de l'édition de 1765.)

de le laisser respirer un moment. Cet argus, quoique peu traitable, ne laissa pas que d'y consentir. L'abbé mit la tête à la fenêtre, sous prétexte de prendre l'air : c'est d'où il se confirma dans la pensée que l'endroit donnoit effectivement sur le quai de la Vallée de Misère. Il est vrai que la hauteur étoit prodigieuse, et qu'il fut effrayé de cette quantité de grilles de fer qui règnent jusqu'en bas, avec une infinité de branches toutes hérissées de pointes, qui, regardées d'en haut, forment un spectacle des plus affreux, car on croit voir une forêt toute hérissée de fer.

Cette vue l'effraya, mais elle ne le rebuta point. Après qu'on l'eut remis dans sa chambre bien cadenassée, il ne songea plus qu'aux moyens d'exécuter son projet. Tout consistoit à pouvoir sortir de sa chambre, et à se trouver seul et à point nommé dans ce grenier. Préliminaire de succès, il auroit fallu rompre la porte, mais, outre qu'elle étoit trop forte et qu'il n'avoit point d'outils propres, il étoit encore à craindre que le bruit qu'il auroit été obligé de faire ne découvrît tout le manége. Ainsi, toutes réflexions faites, il ne trouva pas de meilleur moyen que celui de brûler la porte, et, se fixant à cette idée, il pria dès le lendemain le concierge de vouloir bien lui permettre de faire lui-même sa cuisine dans sa chambre. Il demanda des œufs et du charbon pour les cuire; il paya largement, afin de mener plus aisément le nigaud à son but.

Ces mesures prises, sitôt qu'il crut tout le monde couché, il rangea de la braise au bas de la porte, souffla, et fit si bien que le feu y prit. Dès qu'il en eut consommé assez pour faire une ouverture par où il pût passer, ne voulant point causer d'incendie, il empêcha les flammes d'aller plus loin, et avec de l'eau qu'il eut la prévoyance d'amasser, il emprunta encore le secours de son pot de chambre pour les éteindre. Il eut de plus à combattre une fumée effroyable, dont il manqua d'être suffoqué; mais il surmonta tous ces obstacles si épineux, et après avoir passé par la brèche, il se trouva dans ce grenier tant désiré, d'où il espéroit, en se donnant quelques soins, de se voir bientôt entièrement libre.

Le succès répondit à son attente. Quoiqu'il n'eût point de cordes pour descendre par la fenêtre, il trouva le secret d'en faire. Il coupa par bandes les toiles de quantité de matelas qui étoient dans ce garde-meuble; il les attacha les unes aux autres; en accrocha un bout, qu'il noua à une colonne de lit qu'il trouva dans ce grenier, et qui, mise en travers près de la lucarne, faisoit que la corde étoit sûrement attachée.

Les mesures prises, il risqua la périlleuse descente, et au travers des pointes de fer dont toutes les fenêtres de cinq ou six étages sont hérissées, il arriva enfin sur le quai de la Vallée de Misère environ vers le point du jour, tout déchiré et dans un fort grand désordre.

Des marchands qui commençoient à ouvrir leurs boutiques le virent aborder à terre, et n'eurent garde de le déceler; mais il pensa être perdu par l'acharnement d'une troupe de polissons qui le suivoient en faisant des huées, et qui, sans une grosse pluie survenue à propos, qui les dispersa, auroient infailliblement fait découvrir sa marche. Il tâcha de les dérouter en faisant quantité de tours et de détours, traversa Saint-Eustache, et arriva enfin auprès du Temple, où, sous prétexte de vouloir déjeuner, il entra dans un cabaret, afin de dérober sa piste à ceux qui auroient pu le suivre.

Mais comme il entendit que l'on raisonnoit sur son mauvais équipage, il crut que son évasion étoit déjà sue, et, de peur des suites, il paya promptement l'hôte et sortit sans savoir quel chemin il devoit prendre. Mais se souvenant tout d'un coup qu'une parente de quelqu'un de ses domestiques logeoit à l'enseigne du *Nom de Jésus*, près des Madelonnettes, il fut s'y réfugier.

Il lui bâtit un roman, disant qu'il arrivoit de province, et qu'il avoit été volé et dépouillé dans le forêt de Bondy; après quoi il donna de l'argent à cette femme, pour lui apprêter à manger; mais, ne se croyant pas en sûreté chez elle, au cas qu'elle vînt à savoir dans la suite la vérité de l'histoire, il sortit le soir de cette maison, déguisé, et fut, à la faveur des ténèbres, chercher un asile plus sûr.

S'il eût bien connu la carte du ministère de France, il seroit d'abord sorti du royaume ; mais il voulut y rester, pour tâcher de faire prendre un meilleur tour à son affaire et d'engager le parlement à en connoître.

Il passa neuf mois dans ces inutiles poursuites, faisant présenter des placets au roi, par lesquels il offroit de s'aller remettre lui-même dans les prisons de la Conciergerie, protestant qu'il ne s'étoit sauvé du For-l'Évêque que par la crainte d'être transféré de là à la Bastille, et de n'y pouvoir pas obtenir le jugement d'une affaire dont il ne craignoit point les suites dès qu'elle seroit traitée juridiquement.

Toutes ses remontrances furent vaines ; ainsi, se voyant, au bout de neuf mois, aussi peu avancé que le premier jour, il prit le parti de sortir du royaume ; mais il le prit dans une mauvaise conjoncture.

Ce fut dans le temps qu'un parti des

alliés, qui avoit enlevé M. le Premier (1), manqua son coup, et que le chef, coupé du côté de Ham en Picardie, fut lui-même arrêté. On redoubla alors le soin qu'on prend de garder les avenues du royaume, et l'abbé de Bucquoy fut pris à La Fère (2), comme étant un François réfugié et un échappé du parti anglois.

Il protesta qu'il étoit un marchand forain ; mais on le mit toujours, par provision, en lieu de sûreté, jusqu'à ce qu'on eût été éclairci, et l'on écrivit, à Paris, à ceux qu'il avoit dit être ses correspondants, afin d'en savoir la vérité. Mais comme il avoit lieu de craindre que leur réponse ne fût point conforme à ce qu'il avoit avancé, et qu'il appréhendoit de retomber entre les mains de la cour, il résolut de ne point attendre. C'est pourquoi il tenta de se tirer des prisons de La Fère, comme il avoit

(1) Le premier écuyer du roi, M. de Beringhen. Voir dans Saint-Simon (éd. Hachette, t. V de l'éd. in-8, p 273 et suiv.) les détails de l'enlèvement de ce personnage dans la plaine de Bissancourt, par un partisan au service de la Hollande.

(2) Département de l'Aisne.

fait du For-l'Évêque ; mais le bruit qu'il fit en voulant exécuter son projet fut entendu de l'hôtesse.

Sur l'ombrage qu'on en prit, il fut regardé comme très-criminel ; c'est pour s'en mieux assurer qu'on le mit dans un cachot. Il y conserva pourtant le désir et même l'espérance de se sauver ; et comme il avoit remarqué, avant d'être si fort resserré, que la cour de cette prison donnoit sur les fossés de la ville, et qu'il y avoit un tas de pierres d'où, avec un peu d'agilité, on pouvoit sauter sur le mur, un jour qu'on lui faisoit traverser cette cour pour de certaines nécessités, il pria tout d'un coup le concierge de lui aller chercher à boire, et lui donna de l'argent afin d'être mieux obéi.

Le bonhomme ne fit pas de difficulté de le laisser dans une cour qui étoit enfermée dans le centre de la maison. Cependant M. de Bucquoy n'hésita pas un moment à tenter le saut périlleux. Mais cette fatale hôtesse, toujours destinée à rompre ses mesures, traversa vitement la cour dans le temps qu'il avoit pris son essor. Il ne laissa pas de sauter dans le fossé, et de le traverser à la nage; mais comme cette femme avoit mis l'alarme au quartier par ses cris, on courut à la guette de l'abbé. On lui coupa chemin partout, et, malgré ses efforts pour éviter d'être repris, il ne put s'en garantir.

On le remporta demi-mort et tout plein de boue dans la prison, et chacun se mit en tête que c'étoit un ministre des Cévennes, échappé d'entre les Camisards.

Cette opinion le fit resserrer plus que jamais, et bientôt après il fut conduit, sous bonne escorte, à Soissons, par ordre de l'intendant, pour y être plus sûrement gardé, et quelque temps après il y eut ordre de le conduire à la Bastille, d'où assurément il n'avoit pas lieu d'espérer de pouvoir s'échapper, puisque, humainement parlant, c'étoit tenter l'impossible.

Il compta pourtant là-dessus, et dès qu'il y entra il regarda de tous les côtés pour remarquer le plus propre à plusieurs desseins qu'il imagina sur-le-champ, ce qui lui fut d'une grande utilité par la suite pour se sauver, en effet, de la Bastille, malgré toutes les difficultés qui s'y rencontrèrent.

Vous voyez bien, madame, que nous n'étions pas si près du dénoûment que vous l'aviez cru, puisque depuis ma dernière lettre j'ai eu bien des choses à vous conter là-dessus. Je ne saurois même dans celle-ci finir le récit des aventures de monsieur de Bucquoy; car voici une nouvelle captivité qui mérite bien une autre reprise, et il me seroit impossible d'achever toute cette histoire d'une haleine.

Ainsi je crois qu'il est à propos de laisser monsieur l'abbé dans cette prison, comme nous le laissâmes l'autre jour dans l'autre, sauf à l'en retirer de même. Les époques seront pareilles, et trop bien marquées pour que nous puissions les oublier.

Donnons-nous donc le temps de respirer; la foire n'est pas sur le pont, et la narration est à présent assez avancée pour que vous puissiez bien attendre encore huit jours à satisfaire pleinement votre curiosité là-dessus.

Adieu donc, pour le coup. Je ne vous parle pas à présent d'autre chose. Je voudrois avoir déjà fini celle-là. *Qui suit deux lièvres n'en attrape aucun.*

Je suis votre très humble servante.

LETTRE QUATRIÈME.

De Paris.

Je ne puis que vous remercier de vos bontés, madame, et de l'assurance que vous me donnez de vouloir bien me les continuer jusqu'au bout, en finissant l'histoire des aventures de l'abbé de Bucquoy. Elles me paroissent assez extraordinaires jusqu'ici, et j'attends sa sortie de la Bastille, avec impatience. Il me semble que c'est la fin qui doit couronner l'œuvre, et qu'elle est effectivement le chef-d'œuvre de sa prudence et de sa résolution.

Mais quelque empressement que j'aie

d'en venir à ce dénoûment, je ne saurois trouver mauvais que vous repreniez de temps en temps haleine : une trop longue narration sentiroit plus le livre que la lettre, si elle n'étoit pas interrompue à propos. Ces petits intermèdes que vous avez soin de ménager raniment l'attention de la personne qui lit, et soulagent celle qui se donne la peine d'écrire, qu'une trop longue application sur un même sujet ne pourroit que fatiguer. Je voudrois pouvoir diversifier celui-ci, et vous égayer l'imagination par le récit de quelque jolie aventure; mais il n'en arrive plus ici, où elles étoient autrefois si fréquentes, et Paris n'est plus le théâtre des scènes tendres et galantes : on n'y a plus le mot pour rire; chacun y est occupé de ses chagrins et de sa misère. Elle est si grande, que je vous envie en quelque manière le bonheur de passer vos jours en pays étranger, et en Hollande surtout.

Je suis, etc.

LETTRE CINQUIÈME

De La Haye.

Votre dernière lettre est si courte, qu'on voit bien, madame, que vous vous êtes dépêchée de la finir, afin de m'obliger à me hâter de vous répondre. Vous seriez bien attrapée, si j'allois vous écrire aussi succinctement, et vous brocher en quatre mots une aventure que vous souhaitez sans doute qu'on vous circonstancie un peu mieux ; mais ne craignez rien, je suis bonne princesse, et je m'en vais vous servir à votre mode.

Je reprends donc l'abbé de Bucquoy où nous l'avons laissé, sur le point d'entrer à la Bastille.

A peine y eut-il mis le pied, qu'il commença à former le plan de son évasion, en regardant à droite et à gauche, lorsqu'on le descendit de sa chaise, pour remarquer tantôt le pont-levis et tantôt la contrescarpe, afin de voir par quel endroit il lui seroit le plus aisé de s'échapper.

On ne lui laissa pas le temps de rêver beaucoup à cela, car on le conduisit au plus vite dans la tour de la Bretignière. Il y en a huit à la Bastille, dont chacune a son nom, et qui ont toutes six étages La première chambre n'est proprement qu'un cachot; elle est de plain-pied avec la cour, et ne reçoit de jour que par quelques fentes qui sont dans un mur épais de quatorze pieds et dans lesquelles on pourroit à peine passer la main; c'est là que l'on met les criminels à qui on fait le procès, et dont les crimes sont graves. Le second étage de ces tours est moins obscur, et dans les troisième et quatrième chambres il y a des cheminées, mais ni les unes ni les autres ne sont éclairées que par une seule fenêtre. Elles en avoient autrefois davantage; mais certain gouverneur de la Bastille (1), Normand de nation, et dont le cœur étoit sans doute peu sensible à la pitié, ne trouva pas à propos que les pauvres prisonniers pussent ainsi respirer à leur aise, et, ne laissant qu'une seule fe-

(1) Bernaville.

nêtre à chaque chambre, fit boucher toutes les autres, ne voulant pas que ces pauvres malheureux eussent la consolation de recevoir la lumière par plus d'un endroit. Encore est-il bon de remarquer qu'outre les grilles épaisses qui ferment cette unique fenêtre au dehors, il y en a encore une qui avance plus d'un pied dans la chambre, afin d'empêcher qu'on ne puisse passer la tête dans l'épaisseur du mur, et qu'on ne puisse, en quelque manière, pomper l'air, qu'on n'a pas la liberté de pouvoir respirer. C'est cela qui cause tant d'infirmités à la plupart des prisonniers, et qui fait qu'il y en a beaucoup qui perdent l'esprit dans ce triste lieu, où on a encore le désagrément, lorsqu'on est logé en compagnie dans quelques-unes de ces chambres, d'y être toujours mal assorti.

Ces huit tours de la Bastille ont chacune leur nom. L'une s'appelle la tour de la Bretignière, l'autre de la Bretaudière, la troisième de la Comté, la quatrième la tour du Puits, la cinquième la tour du Trésor, la sixième la tour du Coin, la septième de la

Liberté, la huitième la tour de la Chapelle. On ne sort guère de celle-là qu'en sortant de la vie, et l'on prétend que c'est là que sont ces oubliettes fameuses par où l'on fait passer ceux qui sont destinés à mourir incognito.

L'abbé de Bucquoy fut d'abord mis dans la tour de la Bretignière, et dans une de ces chambres demi-basses, espèce de cachots, quoiqu'il y en ait encore de souterrains beaucoup plus meurtriers.

Il eut le loisir de faire là ses réflexions jusqu'à son premier interrogatoire, et ensuite on l'en tira pour le faire chambrer avec quelques autres prisonniers dans une troisième chambre. Ce fut dans cette société aimable, qu'après avoir sondé les esprits, il proposa à ses compagnons de misère les moyens qu'il avoit imaginés pour sortir de ce triste lieu ; et pour les encourager à prendre confiance en lui, il leur déclara qu'il avoit encore de l'argent et des bijoux qu'il offroit de partager avec eux dès que Dieu leur auroit fait la grâce de recouvrer leur liberté.

Un discours aussi touchant avoit fort animé les auditeurs ; mais un abbé, qui eut moins de foi que le reste de la troupe, jugea qu'il seroit plus sûr pour lui de le dénoncer. Il fit avertir le gouverneur des projets de l'abbé de Bucquoy, qui fut remis dans la chambre basse que j'ai dite, ou espèce de cachot d'où il avoit été tiré, afin d'y faire pénitence de l'envie qu'il avoit eue de se sauver.

C'est là où il resta tout seul pendant quelques jours ; mais, ennuyé de cette solitude, considérant et voyant bien qu'il n'y avoit pas moyen de s'en tirer, ni par la fenêtre, ni par le grenier, il s'avisa d'un stratagème pour se faire remettre en chambre : ce fut de contrefaire l'homme qui est sur le point d'expirer.

Il joua parfaitement bien son rôle, car lorsqu'il entendit ouvrir sa porte et qu'on entra pour lui apporter à manger, il parut tout debout, d'un air effaré, tenant son pot de chambre à la main, et se laissa tomber dans son ordure. Il fit ensuite le mort pendant quelque temps, et après avoir essayé divers remèdes, il commença à donner quelques signes de vie quand il vit qu'on fouilloit dans ses poches, et peu à peu l'on s'aperçut qu'il pourroit revenir de cet accident, et que la chose dégénéreroit en paralysie. Ainsi, le croyant hors d'état de rien entreprendre, et jugeant qu'il avoit besoin de secours, on le remit en société.

Ce fut alors qu'il sentit renouveler ses espérances ; mais ne voulant plus se confier trop légèrement à ses camarades, il contrefit avec eux le paralytique, comme il faisoit devant ceux sous la garde desquels il étoit. Résolu d'éprouver les esprits avant que de se déclarer, et de bien reconnoître le terrain, il fit en sorte, sous divers prétextes, de voyager dans la Bastille, et d'y parcourir toutes les tours, en se faisant changer de temps en temps de chambre, afin de voir par quel endroit il lui seroit plus aisé de tenter l'aventure, et de fixer là son domicile.

Après avoir ainsi erré d'une tour à l'autre pendant quelque temps, il fut mis dans la tour de la Bretaudière, avec un gentilhomme allemand, luthérien de religion, qu'on appeloit le baron de Pecken (1), et qui avoit été, dit-on, arrêté pour avoir dit que le roi ne voyoit qu'au travers des lunettes de madame de Maintenon.

Outre ce baron de Pecken, il y avoit encore dans la même chambre un Irlandois, dont l'abbé ne s'accommodoit pas, et dont il trouva le secret de se défaire en le mettant aux prises avec l'Allemand. C'étoient tous les jours nouvelles querelles, et les choses en vinrent enfin jusqu'à un duel. L'Al

(1) Georges Schrœder de Peck ou Pecken, originaire du duché de Hanovre, avait quitté le service de Louis XIV sans congé. Il s'était mis à celui de l'empereur, et était rentré en France sans passeport. Il tint à Metz des discours injurieux pour le roi. On l'arrêta et on l'incarcéra le 20 juillet 1702 à la Bastille, quoiqu'il affectât d'être revenu en France pour y reprendre du service. Son frère, Jean-Christien, qui l'accompagnait, à titre de domestique, sous le nom de Wipermant, fut arrêté quelques jours après et entra aussi à la Bastille le 9 août 1702. (Voir les *Mémoires historiques et authentiques sur la Bastille*, par Carra. Paris et Londres, 1789, t. Ier, p. 277-278.)

lemand ayant séparé une paire de ciseaux qu'il avoit, en attacha chaque moitié à un bâton de fagot, et avec cette nouvelle manière d'épées présenta le combat à son ennemi.

L'abbé, de concert avec Pecken, les empêcha l'un et l'autre d'en venir aux mains. Il frappa à la porte. (C'est la manière dont on se fait entendre à la Bastille). Les porte-clefs arrivés au secours, on sépara ces deux bidets hargneux, et Dieu sait si l'Irlandois n'eut pas le tort !

L'abbé auroit risqué dans cette occasion de voir éloigner d'auprès de lui l'Allemand aussi tôt que son autre camarade, s'il n'avoit eu la précaution, quelque temps auparavant, d'entreprendre sa conversion à la religion catholique ; ainsi on n'eut garde de l'enlever à l'abbé, qui s'étoit chargé de sa conversion.

Débarrassé ainsi de l'incommode troisième, il fit confidence de son dessein au baron de Pecken, après avoir exigé de lui les serments nécessaires pour la sûreté du complot ; ensuite on examina les moyens les plus propres à l'exécution de ce dessein.

Il fut d'abord résolu d'attaquer un des endroits où, comme j'ai déjà dit, il y avoit autrefois des fenêtres, et d'en ôter les pierres dont ce vide avoit été rempli. On avoit à ce sujet fait une ouverture dans une muraille qui répondoit à une commodité, et c'étoit là où on jetoit tous les décombrements de la fenêtre. On travailla si bien pendant quelque temps que l'on commençoit déjà à se promettre toute chose, lorsque ces belles espérances furent renversées par un faux frère, et voici comment la chose se passa.

Le baron de Pecken, qui étoit dans cette chambre longtemps avant l'abbé, avoit établi une espèce de correspondance avec quatre prisonniers qui occupoient la chambre au-dessus, et il avoit souvent des conversations par le moyen de certains trous qu'ils avoient faits dans la cheminée. L'abbé avoit été admis à ces sociétés enfumées, mais il n'avoit pas jugé à propos de parler de son projet à ces messieurs ; Pecken le fit à son insu, et le complot fut encore découvert par un nommé Joyeuse (1), fils d'un magistrat de Cologne, que le désir et l'espoir de la liberté engagea à trahir ses confrères.

L'affaire n'eut pourtant pas d'aussi fâcheuses suites que l'on auroit pu croire. Le gouverneur manda l'abbé en bas comme l'auteur de l'entreprise. Celui-ci, qui n'a jamais eu la langue dans sa poche, et qui depuis sa paralysie prétendue avoit toujours extrêmement fait l'écloppé, fit pour le coup plus de bruit que le gouverneur. Il dit entre autres que monsieur de Pecken ayant bu un verre de vin de trop, avoit été faire mille contes ridicules à Joyeuse, qui avoit sottement donné dans le panneau.

Ainsi, le projet traité de vision, Joyeuse,

(1) On ne trouve pas le nom de ce prisonnier dans les livres concernant la Bastille que nous avons pu consulter, non plus d'ailleurs que celui de l'abbé de Bucquoy. A la prise de la Bastille, le *Grand Registre* fut trouvé mutilé et déchiré à tel point, de 1705 à 1730 inclusivement, qu'il fut impossible d'en faire une analyse suivie. (Voir la *Bastille dévoilée*, par Charpentier. Paris, 1789-1790, 1re liv., p. 60.)

au lieu d'attraper par sa perfidie la liberté, fut blâmé et regardé comme un nigaud. C'est ainsi que la tricherie en revient, dit-on, à son maître.

On avoit eu soin de raccommoder ce qui avoit été gâté autour de l'ancienne fenêtre, si bien qu'il n'y paroissoit pas. Ainsi, tout ce que produisit l'affaire, ce fut qu'on changea l'abbé de chambre, afin d'empêcher les communications de la cheminée.

On le mit dans la tour appelée de la Liberté, et on lui laissa toujours son baron allemand, afin qu'il pût achever d'en faire un zélé catholique. Le dessein étoit beau, mais l'abbé en avoit toujours un autre en tête qui l'occupoit un peu davantage que la conversion du baron : c'étoit sa liberté, qui l'occupoit toujours malgré les obstacles.

Il fallut, avec monsieur de Pecken, dans la nouvelle chambre, travailler sur nouveaux frais à l'évasion. Il n'y avoit plus moyen de chercher à se faire jour au travers des fenêtres bouchées, l'endroit devenu suspect depuis la trahison; il y avoit apparence qu'on les observeroit de ce côté-là. D'attaquer les grilles de l'endroit par où on respiroit, il falloit des limes; l'abbé n'avoit pas encore voulu déclarer là-dessus son secret.

Ainsi, après avoir tout examiné, il fut résolu de chercher son salut par les lieux, au hasard d'enfoncer dans la matière fécale. Les commodités de cette chambre donnoient dans le fossé de la porte Saint-Antoine. C'étoit la chose du monde la plus heureuse, à l'odorat près qui en devoit souffrir. On échafauda dans ce lieu de plaisance quelques crampons tirés de la cheminée, et les planches du lit servirent à la construction et à la sûreté de cet échafaud. C'étoit là-dessus que l'on se campoit toute la journée pour travailler à faire une ouverture dans le mur, par laquelle, à la faveur de certaines échelles de corde, on pût descendre dans le fossé. Les outils dont on se servoit pour percer cette muraille étoient des morceaux de fer, des plaques de cuivre, des clous et des lames de couteau dont l'abbé avoit fait provision dans les diverses chambres où il avoit été transféré, et où il avoit arraché tout ce qu'il avoit pu attraper. On avoit eu soin d'aiguiser toute cette ferraille aux cruches qu'on donne ordinairement aux prisonniers avec de l'eau, et on s'étoit aussi servi du feu pour rendre tous ces divers morceaux de fer propres à être d'usage. Pour les échelles de corde, on se servoit des osiers de toutes les bouteilles qu'on avoit accoutumé d'avoir soir et matin. A la Bastille, les prisonniers ne sont point au pain et à l'eau ; l'intention du roi est qu'on leur fasse bonne chère : il paye assez bien, et quoique son intention ne soit pas tout à fait remplie, il est sûr que l'on n'y souffre point pour le manger ni pour le boire. L'abbé avoit donc soin de garder l'osier des bouteilles, supposant au porte-clefs la commodité qu'il en tiroit le matin pour allumer le feu. Cependant, de peur qu'on ne découvrît l'amas qu'il en faisoit, et qu'il n'en devînt suspect, il avoit décarrelé un coin de sa chambre et tiré la terre qui est ordinairement entre les carreaux et le plancher; c'étoit dans ce trou qu'il enfermoit, comme dans un magasin, toutes les choses qu'il croyoit propres à l'exécution de ses projets. Il y mettoit des bandes de toile qu'il coupoit de temps en temps de ses draps et des serviettes qu'il escamotoit ; il mettoit ensuite tous les vieux linges en charpie, et après les avoir filés de nouveau, il les mêloit avec les osiers des bouteilles, et faisoit de tout cela une corde propre à le soutenir dans l'occasion.

Le travail avançoit, et il touchoit quasi au moment tant désiré, lorsque tout d'un coup le plancher de la chambre enfonça et fit tomber l'abbé et son camarade dans l'appartement d'un jésuite qui avoit l'esprit troublé, et que cette aventure acheva de rendre tout à fait fou ; car l'abbé s'étant avisé de vouloir lier conversation avec lui en latin, le bon père s'imagina qu'il y avoit quelque conspiration contre lui, et tomba dans la dernière extravagance

Cependant cette aventure rompit les mesures de l'abbé, sans pourtant le décourager. Il espéra de rentrer dans son ancienne chambre, et il y fut effectivement remis, dès qu'on en eut raccommodé le plancher; mais il n'eut pas le plaisir d'y rester longtemps, car un jour qu'il étoit à table, il vit un menuisier qui prenoit des mesures pour faire un guichet à la porte.

Cette nouveauté l'alarma; il crut qu'il y avoit des ordres de le resserrer de plus près; mais enfin il sut par le gouverneur, qu'il n'étoit question que de changer de chambre, qu'on destinoit celle-là au jésuite fou, et qu'on y faisoit un guichet afin de pouvoir lui donner à manger par là.

Cette nouvelle fut un coup de foudre pour l'abbé, qui vit bien qu'il falloit renoncer à passer par les lieux, et perdre le fruit d'un travail dans lequel l'odorat pour le sûr n'avoit point rencontré de musc.

Il dissimula pourtant son chagrin devant le gouverneur, et se soumit sans murmurer à tout ce qu'il ne pouvoit pas empêcher. Son camarade n'étoit point aussi philosophe que lui; ce contre-temps le mit de fort mauvaise humeur, et l'abbé vit bien qu'il n'y auroit plus moyen de lier partie avec lui, en le faisant donner dans de nouveaux projets. C'est pour s'en défaire qu'il lui persuada de changer de religion, puisqu'on avoit mis sa liberté à ce prix. L'Allemand le fit, mais il n'en fut pas plus avancé : on le renvoya à la fin de la campagne pour lui tenir parole, et on trouva des raisons bonnes ou mauvaises pour prétexter ce retardement. Mais l'abbé, qui vouloit absolument en être défait, et qui ne pouvoit plus souffrir ses emportements, lui conseilla de faire semblant de vouloir se tuer, afin d'obliger le gouverneur à le mettre plus tôt dehors.

Le bon Allemand, qui se faisoit un scrupule de feindre ainsi toujours, et que ses chagrins ou peut-être ses remords jetoient dans le désespoir, se résolut à jouer son rôle d'une manière naturelle, et lorsque l'abbé fut couché, il se coupa les veines avec un petit couteau dont il avoit eu soin d'aiguiser la pointe. Après cette belle expédition, il appela d'une voix mourante l'abbé, qui fut très-surpris, en s'éveillant, de voir des torrents de sang dans sa chambre, et son camarade dans un aussi triste état.

Il frappa d'abord à la porte : c'est ainsi,

comme j'ai dit, qu'on appelle au secours dans la Bastille. Les sentinelles en avertirent le corps de garde, et l'on vint aussitôt voir de quoi il s'agissoit. Ce triste spectacle frappa le gouverneur, qui avoit effectivement eu ordre de mettre le baron en liberté, et qui, par des raisons d'intérêt propre ou d'avarice, avoit voulu le garder encore quelque temps. Il lui fit faire tous les remèdes nécessaires pour étancher son sang et pour rappeler ses forces. On le transporta dans un appartement plus commode ; l'espoir d'une prochaine liberté, secondé par les soins qu'on prit de lui et par la force de son tempérament, le remirent bientôt sur pied et en état de sortir de la Bastille, où on n'étoit plus en droit de le retenir.

Cependant, l'abbé, qu'on ne jugeoit pas à propos de laisser tout seul dans une chambre où on pouvoit mettre plusieurs prisonniers, fut transféré, parce qu'on ne savoit avec qui l'associer, dans un endroit qu'on appelle la Calotte, et qui, étant au-dessus de la cinquième chambre, forme le dernier étage de la tour, et en est proprement le dôme. Ces sortes d'endroits sont les moins désagréables de la Bastille dans la belle saison, parce qu'ils sont plus aérés; mais on n'y sauroit durer dans l'hiver. Ce fut justement dans ce temps-là que l'abbé y fut mis. Tout y étoit rempli de figures effrayantes, et de sentences pour préparer à la mort : ainsi le pauvre abbé n'y voyant que des objets lugubres, et s'y trouvant d'ailleurs très-incommodé, s'imagina que c'étoit fait de lui. Il se crut empoisonné, et se persuada que le baron de Peck en l'avoit trahi en découvrant la manœuvre qu'ils avoient faite dans les lieux, et qu'on vouloit le faire mourir à la façon des oubliettes, à petit bruit.

Il en fut pourtant quitte pour la peur ; et sur ce qu'il représenta qu'il ne pouvoit pas durer dans cette Calotte, on lui offrit de le mettre en société avec le P. Brandebourg (1)

(1) Ce capucin, originaire de la Flandre espagnole, arrêté à Paris, fut mis à la Bastille le 9 septembre 1702, et on trouva sur lui, disent les *Mémoires historiques et authentiques* précités, des pa-

qui, loin de son bréviaire, s'étoit mêlé de ce qu'il ne devoit pas. Comme il avoit des livres, on croyoit que l'abbé de Bucquoy seroit charmé de pouvoir profiter de sa bibliothèque; mais, n'ayant jamais perdu son dessein de vue, et ne se croyant pas avec le bon père en pouvoir de l'exécuter, il dit au gouverneur que le capucin voulant être traité de prince, et ayant de grands airs, il craignoit de ne pas pouvoir sympathiser avec lui, et qu'il aimeroit beaucoup mieux être associé avec quelque bon garcon, protestant s'il se pouvoit, afin de pouvoir le convertir, comme il avoit fait le baron de Pecken.

Il avoit ses vues en disant cela, et il n'avoit cherché depuis quelque temps à voyager dans les diverses tours de la Bastille, que pour pouvoir se rencontrer avec un

piers qui firent connaître « le désordre de ses mœurs et le dérèglement de son cœur par rapport à la religion. » Une note du *Grand Registre* de la Bastille le signale comme un espion de la maison d'Autriche. Il se disait allié aux Montmorency. On le transféra à Lille après treize ans de séjour à la Bastille. (Voir la *Bastille dévoilée*, 1re liv., p. 57.)

nommé Grandville (1), dont il avoit ouï parler aux quatre prisonniers avec lesquels il avoit eu commerce par la cheminée, et qui étoit en prison parce qu'étant protestant et réfugié depuis longtemps en Angleterre, il s'étoit avisé de venir faire un voyage à Paris. Il y avoit longtemps que l'abbé souhaitoit de s'accrocher avec lui, parce qu'il savoit que c'étoit un bon enfant, et porté de très-bonne volonté pour se sauver, supposé que l'occasion s'en présentât.

Le gouverneur, qui ne pénétroit pas les vues de l'abbé, le croyant seulement animé de zèle pour la propagation de la foi, n'hésita pas à lui donner Grandville pour compagnon, et le pria de mettre tout en œuvre pour en faire un bon catholique. L'abbé fut charmé de son nouveau camarade, qu'il trouva beaucoup plus docile sur les moyens de l'évasion que sur les points de controverse. Il fut résolu de travailler de concert à se procurer la liberté : on prit des mesures là-dessus, et dans ce même

(1) Même observation que pour le prisonnier Joyeuse. (Voir p. 50.)

temps on donna deux autres compagnons à l'abbé.

Cette augmentation de compagnie lui fit d'abord de la peine ; mais quelle fut sa joie quand il vit que l'un ce ces nouveaux confrères étoit un de ces quatre voisins de cheminée, appelé le chevalier de Soulange (1). Il n'en témoigna pourtant rien devant ses guichetiers ; mais dès qu'ils furent sortis et qu'on eut fermé toutes les portes, Soulange et lui s'embrassèrent tendrement, et après que chacun eut répondu pour son camarade, la conversation devint générale.

On tint conseil à quatre sur les moyens de se sauver, et l'abbé eut soin de s'assurer de ses compagnons par les serments les plus forts : il leur fit mettre la main sur les Évangiles, et comme il n'en avoit point, il suppléa à cela en écrivant des passages de l'Écriture sur des morceaux de papier qu'il avoit ramassés des bouchons de bouteilles, ou arrachés des châssis de ses fenêtres ; il se servit, pour écrire, de plumes de paille,

(1) Même observation que pour les prisonniers Grandville et Joyeuse. (Voir p. 50 et 60.)

et fit une espèce d'encre avec de la suie de la cheminée. Après avoir ainsi écrit quelques passages de l'Évangile, il fit jurer là-dessus ses camarades ; et comme il falloit profiter du temps qu'ils avoient à passer ensemble, et ne pas attendre qu'on les séparât, l'abbé se détermina à se servir de son corps de réserve, et déclara qu'il avoit une petite lime qu'il avoit toujours cachée avec soin, et qui avoit échappé à la vigilance de ceux qui l'avoient fouillé plus d'une fois. Il fut résolu qu'avec ce petit outil on limeroit les grilles de la fenêtre, et qu'avec des échelles de corde on descendroit ensuite dans le fossé. L'abbé avoit conservé quelques-unes des cordes qu'il avoit filées avec Pecken : on en fila de nouvelles, et chacun mit la main à l'œuvre, afin d'avancer en besogne.

Mais il pensa leur arriver comme aux ouvriers de la tour de Babel, non pas par la différence des langues, mais par celle des opinions, et il n'y avoit pas moyen de les faire convenir sur la manière de l'évasion. C'étoient tous les jours disputes nouvelles.

L'abbé vouloit, après avoir levé la grille, descendre dans le fossé, et le remonter ensuite pour retomber dans la rue Saint-Antoine. Les autres étoient d'avis de passer par la demi-lune dans le fossé qui donne hors de la porte. Il y avoit de la difficulté partout. On nomma un président de l'assemblée pour tâcher de ramener les esprits; il n'y eut pas moyen. Il fut cependant résolu que, descendus dans le fossé, chacun se sauveroit à sa mode. Il étoit pourtant dangereux que ceux qui manqueroient leur coup ne coûtassent aussi la partie aux autres, et l'abbé, qui croyoit ses moyens sûrs, perdoit beaucoup à un pareil marché. Il s'y accommoda pourtant, ne pouvant mieux faire.

Le jour pris, ou plutôt la nuit, pour l'évasion, on leva la grille dès qu'on crut que tout le monde étoit retiré. De peur que des chambres d'en bas on ne vît des corps suspendus en l'air, on eut soin de descendre un grand drap qui formoit un nuage devant les fenêtres, et empêchoit qu'on ne découvrît la descente. Comme il falloit faire avancer une machine, afin que la corde ne fût pas attachée à la muraille, pour accoutumer les yeux des sentinelles au spectacle, il avoit mis, quelques jours auparavant, une espèce de cadran au bout d'un bâton qui avançoit dans le fossé trois ou quatre pieds plus que la fenêtre.

Toutes ces précautions prises, et après avoir barbouillé la corde de noir fait avec de la paille brûlée, de la suie et de la graisse fondue, afin qu'on l'aperçût moins, l'abbé demanda permission à ses camarades de descendre le premier, promettant de les attendre dans le fossé pour y recevoir les machines qu'on devoit lui remettre, et dont chacun devoit se servir à sa manière. Il devoit aussi les avertir par un signal du moment auquel la sentinelle avoit le dos tourné, afin d'en profiter, et ce signal étoit un cordon qu'on avoit attaché à la fenêtre, et qui, en le tirant de différentes manières, vouloit dire le pour ou le contre.

Le tout ainsi réglé, l'abbé descendit, et fut plus de deux heures dans le fossé sans aucune nouvelle de ses camarades. Il avoit beau tirer le cordon, personne ne répondoit. Il crut que de nouvelles disputes avoient fait abandonner à ces messieurs le dessein de se sauver, lorsqu'il vit peu à peu descendre les machines nécessaires, et ensuite deux de ses camarades, l'autre n'ayant pu passer par la brèche. Ce fut d'eux qu'il apprit qu'une aussi essentielle difficulté les avoit retenus si longtemps, et qu'enfin le pauvre Grandville, c'étoit le malheureux, avoit eu la générosité de les exhorter à l'abandonner, disant qu'il valoit mieux qu'il n'y en eût qu'un qui pérît.

Ce triste récitatif fait, l'abbé exhorta de nouveau les autres à ne point prendre d'autres mesures que les siennes. Il leur offrit entre autres d'aller saisir la sentinelle, en cas que la résolution leur manquât. C'étoit le moyen, pour leur salut, que l'alarme ne mît point en mouvement le corps de garde; mais ces bonnes gens, qui ne savoient apparemment à quoi ils en étoient, demeuroient opiniâtres à leur projet.

L'abbé fut obligé de prendre son parti.

Ses mesures se trouvèrent si justes que la chose réussit comme il l'avoit imaginé. Il planta son échelle de corde et l'accrocha contre le balcon, profitant, pour remonter le fossé, du moment auquel la sentinelle s'éloignoit de lui. La contrescarpe escaladée, il gagna une gouttière. Le fossé étant remonté, il escalada encore, et monta dans une gouttière d'où il sauta dans la rue Saint-Antoine par l'endroit où sont les bouchers, dont un crochet, qui tenoit à des étaux, manqua de lui fendre le bras.

Avant que de sortir de la gouttière où il s'étoit retranché, il voulut voir ce que deviendroient ses camarades ; mais ayant entendu crier comme si l'on prenoit quelqu'un à la gorge, et voyant ensuite partir le feu d'un fusil, il crut qu'ils avoient voulu se saisir de la sentinelle, et qu'ayant manqué de résolution ou de force, ils avoient été découverts et qu'on avoit tiré dessus. Comme il n'a jamais plus ouï parler de ces pauvres gens, il a eu lieu de se confirmer dans cette pensée et de croire qu'ils ont péri dans cette occasion.

Il n'eut garde d'attendre un pareil sort dans sa gouttière ; il descendit, comme je viens de le dire, dans la rue Saint-Antoine, gagna celle qu'on appelle des Tournelles, et en faisant bien des contre-marches, de peur d'être suivi, il traversa presque tout Paris, et arriva enfin à la porte de la Conférence, où il trouva des amis qui le cachèrent et qui lui donnèrent les moyens de passer dans les pays étrangers : car pour cette fois-là il n'eut garde de rester encore à Paris, comme il avoit fait après sa sortie du For-l'Évêque. Il en avoit trop bien payé la façon, et il trouva plus à propos de se mettre en lieu de sûreté. Il choisit pour cela la Suisse, où il se rendit par la Bourgogne, et d'où il tâcha, par le moyen du comte de Luc, ambassadeur de France, de faire sa paix avec la Cour. Une de ses tantes présenta même, à ce qu'il dit, un placet dont voici la copie, et par lequel vous comprendrez mieux ce que c'étoit que l'affaire de l'abbé de Bucquoy.

Au reste, j'oubliois de vous dire que lorsqu'il fut interrogé dans la Bastille, on lui fit faire sa confession générale, et rendre compte de tout ce qu'il avoit fait en sa vie depuis l'âge de quatre ans.

La manière dont on instruit les procès dans ce tribunal-là est tout à fait particulière. Mais ce détail seroit trop long pour pouvoir trouver place dans une lettre, et le journal seul de ce qui se passe à la Bastille suffiroit pour remplir tout un volume. Contentez-vous donc, s'il vous plaît, de l'idée que ce placet vous en donnera.

Au Roi.

Sire,

La veuve du comte de Bucquoy remontre très-humblement à Votre Majesté que le sieur abbé de Bucquoy, neveu du feu comte son époux, a eu le malheur d'être arrêté près de Sens pour le sieur abbé de La Bourlie, envoyé prétendu de monsieur de Marlborough, afin d'encourager les faux-sauniers répandus dans la Champagne, et dans la Bourgogne, et tâcher d'y pratiquer une espèce de rébellion.

La méprise ayant été reconnue presque aussitôt que le sieur abbé fut interrogé, la cour lui alloit donner son élargissement, lorsque ses ennemis, qui avoient été informés de sa prison, et le sieur archevêque de Sens, entre autres, s'avisèrent d'écrire contre lui en cour, où ils essayèrent de le faire passer pour un homme inquiet et entreprenant, capable de troubler l'État, qui avoit mal parlé du gouvernement, et, de plus, dont les sentiments étoient particuliers sur la religion.

Cette accusation, qui n'avoit de fondement que dans la haine de ceux qui en étoient prévenus sans rien examiner, et avec qui le sieur de Bucquoy avoit eu plusieurs procès, dans lesquels l'injustice de leur cause les avoit fait succomber, ne laissa pas que de faire impression dans un temps qui faisoit tenir les yeux ouverts à la défiance. Il y eut ordre de le transférer des prisons de la ville de Sens en celles de l'Officialité, et depuis au For-l'Évêque, à Paris. Ce fut là qu'il apprit de quelle manière se traitoient les affaires qu'on nomme d'État, où le plus simple des soupçons devenoit un crime, dont la peine étoit de courir risque d'être enfermé, sans qu'on pût espérer d'avoir recours aux usages et aux lois pour faire entendre la bonté de sa cause.

Effrayé de cette méthode toute nouvelle de pourvoir à l'innocence des accusés, il jugea à propos d'user d'esprit pour franchir sa prison; mais au lieu de se servir de sa liberté pour aller chez les étrangers, il a, au hasard de la perdre de nouveau, poursuivi en cour, et pendant près de neuf mois, un sursis qui lui pût donner lieu de faire connoître son innocence, mais inutilement. Encore que Votre Majesté lui eût fait la grâce de lui répondre un placet où elle témoignoit vouloir être informée de l'affaire, M. de Pontchartrain, intendant de Paris, qui en devoit rendre compte et qui étoit tout à la dévotion de Mgr l'archevêque de Sens, fit rendre inutiles toutes les précautions de l'accusé.

Il se vit donc comme forcé de se mettre en chemin pour passer la frontière. Ce fut dans le temps qu'arriva l'enlèvement de M. de Beringhen Le sieur abbé, qui, pour mieux couvrir sa fuite, s'étoit déguisé, fut pris pour être du parti anglois, et connu ensuite pour n'en être point. S'étant cependant évadé, et ayant été chaudement poursuivi et repris, parce que les forces lui manquoient, il fut battu, volé, chargé de chaînes, mis dans les cachots, et à quelque temps de là transféré de La Fère à Soissons, et ensuite à la Bastille, dans le temps que, ne s'étant point encore fait connoître, chacun publioit qu'il étoit un monstre qui des Cévennes se réfugioit en Hollande.

Ce fut donc à la Bastille qu'après avoir subi plusieurs interrogatoires, tout le soupçon conçu devoit se dissiper faute d'aucunes preuves. S'il y avoit eu quelque sûreté à la justice, non-seulement il eût bientôt vu la fin de sa peine, et il semble qu'elle méritoit du dédommagement ; mais, Sire, ce n'est pas ainsi qu'à votre insu on en use à la Bastille. Encore que personne ne se plaignît, et que rien n'accusât plus mon neveu, on l'a obligé, sous des menaces fâcheuses, de rendre compte de tous les jours de sa vie, sans vouloir même qu'il oubliât ceux dont David demande à Dieu que le souvenir ne s'en présente point à son esprit. Après avoir été contraint de s'expliquer, c'est en informant, de votre ordre, extraordinairement contre lui, qu'on l'a perdu en tous lieux de réputation, car on a aisément cru qu'il étoit un criminel de lèse-majesté. Mais que s'est-il trouvé dans tout le cours de sa vie, qu'un zèle porté un peu trop loin pour l'État, et surtout pour la religion ? Et, Sire, mon neveu étoit alors très-jeune, et j'emploie, pour ce que j'ose dire pour sa défense à Votre Majesté, tout son interrogatoire pour témoin ; car pour ce qui est du récolement et de la confrontation, ce n'est point la coutume d'en user à la Bastille, à la décharge de l'innocence, de peur qu'elle ne paroisse trop par un plus grand éclaircissement. Ainsi, que reste-t-il à mon neveu de cette espèce d'excès qui s'est fait voir dans ses bonnes mœurs et de tant de soin qu'on a pris pour le perdre? Le titre d'une sorte de crime inouï jusqu'alors : savoir d'être inquiet et entreprenant.

Je passe sous silence si les plus grands saints, en un certain sens, ne l'ont point été, car il y a une inquiétude qui naît de l'amour du bien; du moins il semble que Lacédémone se fût assez bien accommodée de la hardiesse et de la vivacité dans ses citoyens, elle qui regardoit la mollesse ou l'indolence comme un vice sujet à la peine des lois, qui en effet engourdit l'État et ne fait que le ruiner. Mais avoir de l'esprit et être hardi, ou capable de faire du mal, c'est déjà ici l'avoir fait; et, de plus, c'est un mécontent, dit-on : il a été maltraité, il peut nuire, cela suffit pour continuer le mauvais traitement.

C'est sur ces détestables maximes que, dans un temps de besoin, on jette, Sire, Votre Majesté en de très-grandes dépenses, pour faire périr sous des murs une multitude d'innocents, et sans doute au grand préjudice de sa gloire et de sa bonté. Votre Majesté, Sire, n'en prendroit-elle point compassion? Tous demandent qu'on leur fasse leur procès et qu'on les dépêche de mourir s'ils sont coupables, leur vie n'étant qu'une langueur. Une si juste requête n'est point écoutée. Redite ennuyeuse du prisonnier! Tenez-vous tranquilles, leur dit-on : c'est le mot d'usage. Comme si le feu d'un chagrin qui ne s'use point étoit chose facile à concilier avec le repos.

Cependant, plus de deux années s'étoient déjà écoulées, Sire, sans qu'il fût possible à mon neveu de me donner même une seule fois de ses nouvelles, ni à personne. Il jugea bien que tout ce qu'il avoit appris au For-l'Évêque au sujet de la Bastille étoit beaucoup au-dessous de toute la disgrâce qu'il y éprouvoit; ses fatigues précédentes avoient déjà usé sa santé, et la dureté de sa prison ne la raccommodoit pas : l'humidité, le défaut d'air, un jour avare qui ne se montre qu'à regret par des ouvertures dont les murs ont plus de douze pieds d'épaisseur; le retranchement absolu de toute société, si pénible à un homme vif; cette solitude entière qui laisse le cœur sans soutien au moment que l'imagination, qui n'est point distraite, ne s'applique qu'à grossir son tourment, et pardessus tout la terrible inquiétude de n'y voir point de fin, ce qui fait que les uns en perdent l'esprit, que d'autres entreprennent sur leur vie, tels que M. le marquis d'Aremberg (1), à qui mon neveu, comme il m'en a assuré, a plusieurs fois arraché le couteau de la main, de même qu'à plusieurs, tant de sujets de douleur, Sire, lui devoient être un mal très-pressant!

Oui, Sire, c'est l'intérêt des administrateurs de cette prison d'État, qui n'ont que leur conscience contre leur avarice, et non le vôtre, à qui il en coûte de toutes manières, que de retenir le prisonnier, sur qui ils font des profits qui serviroient seuls à

(1) Pierre-François, marquis d'Aremberg, porté sur le *Grand Registre* de la Bastille, année 1703, avec la note « sans motif connu ». (*La Bastille dévoilée*, liv. Ier, p. 59.)

l'entretien d'une petite armée. Ailleurs, la longueur de la peine expie le crime et fléchit enfin le courroux de l'offensé, ce qui n'est ici qu'une préparation à en établir la durée. Le plus innocent, à force de souffrir, à la fin est cru coupable. Qui pourroit en effet s'imaginer, sous un règne juste, qu'il pût être si longtemps et si tristement retenu? Qui le souhaiteroit n'ose parler pour lui : il est regardé comme un criminel d'État. Cependant, les amis manquent ou par la mort qui les enlève, ou par la facilité qu'on a d'ôter de son esprit ceux qu'on ne voit plus, et surtout ceux que leur malheur nous fait regarder comme inutiles; de sorte que l'homme captif en cet état doit se considérer comme déjà mort avant que de mourir. Il ne vit que pour sentir sa perte.

Ce n'est pourtant pas là, Sire, ce qui affligeoit le plus mon neveu. La pensée de se voir sous des murs, hors d'état de plus faire de bien sur la terre, après avoir sacrifié son plaisir et toute sa jeunesse pour joindre à quelques connoissances la facilité de l'expression, est ce qui l'a le plus tourmenté. C'est aussi cette considération, Sire, par-dessus tout, qui l'a obligé de recourir de nouveau à l'industrie pour laisser vide la Bastille de sa personne, sans prendre congé, ce qu'il a su exécuter avec autant de présence d'esprit que de courage et de bonheur le 5 de ce mois dernier, à deux heures du matin, sans aucun éclat, à cause des mesures qu'il a prises, mais aux dépens de beaucoup de sueurs et de travail, pendant près de deux ans; pénible évasion qu'on ne lui doit point trop reprocher pour ce qu'elle lui coûte.

Mais, le croiriez-vous, Sire, tant de soucis et de mauvais traitements, et si injustes, n'ont pu affoiblir tant soit peu l'amour du devoir dans le cœur de mon neveu. Comme il a agi après s'être sauvé du For-l'Évêque, où, comme on a dit, au lieu de fuir en pays étranger, il ne s'est appliqué, au hasard d'être mille fois repris, qu'à se justifier, il semble se comporter encore mieux au sortir de la Bastille, puisque des lieux où il est, qui le mettent hors d'état d'être inquiété, il demande encore par ma voix à faire connoître son innocence. J'y ai intérêt, Sire, et pour l'amour de la vérité, et parce qu'il m'appartient, et aussi parce que j'ai lieu de craindre que son désespoir ne force enfin sa vertu ; car l'homme ici-bas, qui est fragile, donne toujours lieu d'appréhender, et je le connois pour l'un de ces génies actifs que les suites n'épouvantent guère lorsque ayant fait de son mieux pour choisir un parti, sa conscience a su chez lui-même le mettre en sûreté.

Ses ennemis, Sire, de même que ses juges, prévenus ou gagnés, se sont donc bien mépris ou ont été très-méchants de l'avoir voulu noircir. Ne seroient-ils pas eux-mêmes les coupables, et vraiment dignes de punition, d'avoir osé employer le nom de Votre Majesté pour le perdre? Je demande donc en grâce à Votre Majesté, Sire, de se faire rapporter l'interrogatoire de mon neveu pour se convaincre que je dis vrai, quand j'ose lui assurer non-seulement qu'il est innocent, mais qu'il est un de ses plus zélés sujets, mais de ces sujets à la Fénelon qui vont droit à la vérité, où le prince trouve cette gloire qui ne doit son éclat qu'à la vertu ; que son innocence étant une fois avérée, ses écrous soient partout rayés et biffés, tant des deux prisons de Sens, savoir de la ville et de l'Officialité, que de celles du For-l'Évêque, La Fère, Soissons et la Bastille, tristes demeures, qu'en trois années de temps son infortune lui a si injustement assignées ; qu'il soit rétabli dans tous ses biens, honneurs, prérogatives et dignités; que tout ce qu'on lui a pris à différentes fois qu'il a été arrêté, montant à la valeur de plus de six cents pistoles, lui soit restitué; comme aussi plusieurs écrits, le fruit de ses veilles, qu'il destinoit à l'impression, et dont il fait plus de cas que de tous ses biens, à cause de l'utilité qui en pouvoit revenir au public, pour qui tout son plaisir est de se sacrifier; que son valet de chambre et sa servante, l'un nommé Fournier, et l'autre Louise Depuis, qui, profitant de la conjoncture fâcheuse de ses affaires, l'auroient volé de la valeur de plus de dix mille écus, et de tous ses papiers, soient poursuivis à la requête des procureurs de Votre Majesté, n'étant pas en état de faire par lui-même aucune dépense, à cause des grandes pertes qu'il a faites, sauf à la sage discrétion de Votre Majesté d'aviser au surplus pour l'indemniser de tant de souffrances, ou en lui donnant un emploi convenable dans ses armées ou dans l'Église, étant également disposé à tout ce que l'ordre voudra de lui, trouvant tout bon, pourvu que ce soit partout le bien qu'il puisse remplir; et nous serons tous deux obligés d'adresser des vœux au ciel pour la santé et prospérité de Votre Majesté.

A Paris, le 22 juillet 1709.

Voilà, madame, tout ce que je puis vous dire sur le chapitre de l'abbé de Bucquoy. J'ai joint la copie de ce placet à son histoire, parce qu'il en est comme la clef. Il cite entre autres, pour le fait qu'il avance, le père Réglé, jésuite, confesseur de la Bastille. Il prétend, depuis son évasion, avoir erré deux ans en Allemagne, et dans la Suisse, couvant partout le grand dessein qu'il prétend faire éclater bientôt contre le despotisme de la France, dont il se déclare l'ennemi juré.

C'est afin de poursuivre sa pointe que, les conférences de Gertruydenberg (1) rompues, il s'est rendu exprès de la Suisse en ces quartiers. Pour un climat aussi froid que la Hollande, jamais on n'y a vu une imagination aussi vive, ni plus d'audace, ni de langue mieux pendue, et monsieur de Bucquoy est, dit-on, un profond métaphysicien. Cela étonne. C'est même de ses raisonnements abstraits contre le despotisme de la France qu'il fait l'une de ses batteries pour l'abolir à force de le rendre odieux. La langue, la plume, la beauté, ont eu quelquefois plus d'effet dans le monde que la poudre à canon. L'abus du pouvoir sans bornes d'un potentat, qui, l'équité à

(1) Entre les ambassadeurs de Louis XIV et les députés des États Généraux (1710). Gertruydenberg est une petite ville de Hollande (Brabant septentrional).

part, n'a en vue que soi, fléau du monde, dit monsieur l'abbé, scandale indigne, le titre de Dieu bientôt usurpé pour mieux servir de lustre au vice, voilà l'athéisme passé du cœur à la pratique, le plus consommé qu'il se peut. Style de monsieur de Bucquoy! Sur l'étiquette jugez du sac.

La tête peut tourner à la métaphysique; je me suis fait mettre, madame, comme vous pouvez croire, ce morceau de discours par écrit, de la main d'habiles gens qui entendent tous les jours chez les ministres monsieur de Bucquoy déclamer. Que ce soit nouveauté, force d'éloquence, excès d'imagination ou de sagesse, zèle ou chaleur de foie, régulier d'ailleurs dans ses mœurs, on écoute monsieur de Bucquoy. On lui a déjà donné des commissions; il prétend surtout faire son avantage de la France dispersée en pays étranger, qui par sa fuite s'est soustraite à l'oppression, pour marcher à la délivrance de celle qui est actuellement sous le joug. C'est ce qu'il appelle lui porter, pour son salut, celui de l'Europe et de Louis XIV même, qui a besoin de bride, la guerre en dedans. Et cette pieuse et digne entreprise à la façon d'un zèle tout jésuite, n'a pour but que la gloire de Dieu. Ce n'est ni la France ni Louis XIV précisément, mais le *Viro immortali*, le *Fit regia divo*, que je combats, dit monsieur de Bucquoy. Nouvelle méthode de déclarer la guerre! Si cet original fait du chemin chez les Anglois comme parmi nous, ce projet suivi, je vois dans peu monsieur de Bucquoy l'un des hommes du monde le plus célèbre, quelque espèce de Jehu ou l'Hercule du temps.

Le temps même nous démêlera mieux son caractère, et où aboutira tout ce prélude, jusqu'ici des plus favorables pour lui. Je vous ferai part de ce que j'en apprendrai.

Je suis quasi hors d'haleine d'un si long récit. Tenez-moi compte de ma complaisance; mandez-moi en retour quelque chose de Paris qui me réjouisse.

De tout mon cœur je suis, etc.

LETTRE SIXIÈME

De Paris.

J'ai reçu la lettre, madame, que vous avez pris la peine de m'écrire. Le plaisir que j'ai eu en la lisant ne m'a pas permis de la trouver longue.

J'ai vu le père Réglé, jésuite, en la compagnie d'une dame, l'une de ses dévotes. Non-seulement il m'a confirmé tout ce que vous me racontez de monsieur de Bucquoy, mais il m'en a dit d'autres particularités qui achèvent de me surprendre. Je vous en ferois part, si je ne savois que, peu touchée de l'extraordinaire, les nouvelles galantes vous font le plus de plaisir.

Il seroit à souhaiter que monsieur de Bucquoy voulût donner lui-même ses mémoires au public, accompagnés de ses motifs; on connoîtroit mieux par là jusqu'où l'a pu mener son imagination dans les différents états de sa vie. Le nom de

Le Mort, par exemple, qu'il a pris dans un séminaire à Rouen pour lui rappeler sans cesse qu'il devoit mourir, c'est quelque chose de tout à fait rare. Mais comme il y a un Ordre de la Toison, j'ai ouï parler des Chevaliers de la Mort. De quelles jolies choses ne s'avise-t-on pas en ce monde!

Ce qui m'arrête seulement de l'histoire de monsieur de Bucquoy, c'est que madame sa tante, qui passe dans le monde pour une personne sensée, ait pu s'aviser de présenter au roi un placet de l'espèce dont vous me faites part. Jamais la harangue du paysan du Danube, rapportée dans les Fables de La Fontaine, ne fut si sincère. Ce n'est plus la mode en France de parler si haut ni si naïvement. Il en a coûté cher à monsieur de Cambray, qui pourtant s'étoit enveloppé dans son style. Sa Majesté n'auroit pas vu de bon œil, pour le sûr, la franchise de la bonne dame. Pour prix de ses remontrances, on auroit pu, sans façon, l'envoyer occuper à la Bastille la place que monsieur son neveu avoit pris grand soin de déserter.

Il y a bien plus d'apparence que monsieur de Bucquoy, maltraité, a fabriqué pour sa vengeance propre ce placet chez les étrangers, afin d'inspirer de l'horreur d'un gouvernement qui surpasse selon lui toutes les rigueurs de l'Inquisition. On parle, en effet, de la Bastille, dans le monde, comme d'un séjour formidable à l'innocence même, puisque, sous le soupçon, on y est regardé comme coupable ; sans parler de ces oubliettes si fameuses, où, sans formalités et comme incognito, on fait partir les gens pour l'autre monde.

Peut-être aussi que monsieur de Bucquoy, touché de la mauvaise fortune de ses confrères, a prétendu que son placet, faisant de l'éclat, découvriroit au public comme au roi le grand mystère de l'oppression de la Bastille, et que Sa Majesté y pourroit apporter de l'adoucissement.

Je ne puis, au reste, madame, vous trop remercier de votre attention à me satisfaire sur monsieur de Bucquoy. Croyez aussi que de ma part je n'épargnerai rien, soit du côté de nouvelles, ou autrement, pour vous témoigner jusqu'à quel point de reconnoissance je suis, etc.

APPENDICE

BIOGRAPHIQUE ET BIBLIOGRAPHIQUE.

Nous avons réimprimé les *Lettres de deux Dames au sujet de l'abbé de Bucquoy*, sur l'édition de 1719, la seconde, que nous n'avons pu conférer avec la première. Elles y sont accompagnées de pièces intéressantes, et on trouve, réunis à la suite, des traités de théologie et de politique, des lettres et des pamphlets, à pagination particulière et sans nom d'imprimeur, tous de la façon de l'abbé et bons à analyser, au point de vue biographique surtout.

Les détails qu'il y donne sur sa personne nous le montrent en 1719, c'est-à-dire neuf ans après sa dernière évasion. Il vivait dans le Hanovre, à Herrenhausen, château de l'Electeur, devenu Georges Ier, roi d'Angleterre; il était pensionné par ce prince — et s'était aliéné le beau sexe de l'Électorat.

L'abbé était un moraliste de l'espèce la plus commune, un moraliste satirique. Il avait retenu de sa seconde vocation, de sa vocation religieuse, le goût de diriger les consciences, et par caractère il ne faisait que les morigéner. Peu de mouches se prenaient à son vinaigre. De plus, sa galanterie française avait été quelque peu choquée de la facilité germanique dans les relations amoureuses ; l'abandon naturel aux dames du pays lui semblait l'extrême corruption, et il fulminait, fulminait !

A cette date de 1719, on le voit d'ailleurs fatigué de ses entreprises pour la réformation des mœurs. Le temps de ses succès de *langue bien pendue* était passé, et il se trouvait, à vrai dire, dans l'état d'un homme dont le succès s'est trop prolongé ; état excellent pour aspirer à la retraite, et il y aspirait, l'âge aidant.

Nous ferons suivre la description de chacune des pièces du volume de citations auxquelles nous supposons que les curieux prendront plaisir.

Et d'abord, le titre général du recueil, qui est en même temps celui de sa première partie :

Evénement des plus rares, ou l'Histoire du sieur

abbé comte de Buquoy (sic), *singulièrement son évasion du Fort-L'Evêque et de la Bastille*, l'allemand à côté, revuë et augmentée, deuxième édition, avec plusieurs de ses ouvrages, vers et proses (*sic*) et particululièrement (*sic*) *la Game des Femmes*. Et se vend chez Jean de la Franchise, rue de la Réforme, à l'Espérance, à Bonnefoy. 1719, avec un frontispice que nous avons fait reproduire pour la présente édition, et qui nous semble gravé par Harrewyn. In-12, et tout de 237 pages, dont 209 pour les *Lettres de deux Dames*.

Les vingt-deux premières pages sont prises par le titre, par une dédicace supposée de l'éditeur, mais, à n'en pas douter, de l'abbé, « au prince le plus généreux et du cœur le mieux bâti, de la part de la Franchise même. » Il s'agit d'un prince en l'air, et la dédicace s'adresse, pour le réaliser, « à tous les potentats et princes régents, » en leur recommandant les œuvres de l'abbé comme le salut moderne de l'Allemagne qui périt par trop de libertinage. Le sexe est tout d'abord mis en cause : « Si les femmes surtout sont un peu maltraitées dans ce recueil, c'est qu'avec leur douceur apparente et leurs grâces à la façon d'Hanovre, naïves ou plâtrées, la Bastille n'est pas plus à craindre que l'empire de leurs charmes. »

Suit, sous le titre de : « Le sexe à l'enchère pour la malice, préface ou prélude historique au sujet de *la Game des Femmes*, etc., une diatribe contre les dames allemandes. C'est un à-compte que l'abbé prend sur un livre satirique qu'il préparait sous le titre de : *la Game des Femmes*, ou Morceau extrait du préliminaire de *l'Alberoni* d'Hanovre (cet Alberoni, c'est lui-même', au sujet de la quatriple alliance faite contre lui, avec quelques réflexions sur la méchanceté des femmes. »

L'auteur a le goût des titres chargés, contournés et énigmatiques. Il se met en scène à la troisième personne : — « Il est huit heures du matin ; il en serait huit du soir que je n'aurais point achevé le récit des difficultés que M. de Bucquoy a eu à surmonter à Hanovre, et qui chacune ont presque donné lieu à un ouvrage, vers ou prose, plus ou moins étendu, mais des plus singuliers... Le motif à part, je vous dirai du moins le titre de quelques jeux d'esprit de M. de Bucquoy. Sur l'étiquette, jugez du sac :

LA HARPIE UNIVERSELLE
ou
Le Fléau de la Cour,
au grand, au grand auditeur.
en 5 lettres.

—

LE MARDOCHÉE DU TEMPS

ou

La Quenouille qui file sa corde,

en 3 lettres.

« Ces titres (il y en a sept de cette force) valent des livres entiers, reprend l'interlocuteur. Avez-vous quelqu'un de ces ouvrages? — Non, répond l'abbé; j'en ai quelques autres dans ma poche.... »

Et il en tire les pièces annexes à l'*Histoire de l'Evasion*, en entremêlant leur nomenclature d'appréciations où il se reconnaît tous ses mérites : « style des plus précis, éloquence vive, hardie, originale et pleine d'instruction; profondeur dans les réflexions historiques; grand goût dans les poésies, etc.» Il a suivi, pour le plan de son histoire, avec le style, le génie qui se trouve dans les *Lettres galantes*, qui ont été si bien reçues du public....

« Au reste, si l'impression du livre est de pièces de rapport et un peu défigurée, c'est que d'abord m'étant fié à Zelle (1), à un imprimeur qui a cru disposer de ma franchise et de ma

(1) Ville du Hanovre, dans la principauté de Lunebourg.

bourse comme de la pluie et du beau temps dans les almanachs, j'ai été obligé de changer de batteries pour interrompre son prognostic dans le calcul qu'il s'était fait de me tromper onéreusement jusqu'au bout. Ainsi, Julius Hoffman à part, sans le nommer, j'ai eu recours à un autre moule que le sien pour donner au jour mes pensées ou plutôt celles de M. de Bucquoy. »

En suite des *Lettres de deux Dames*, se trouvent trois pièces de vers composées apparemment dans les derniers mois de 1715 ou dans les premiers de 1716. La Régence avait fait concevoir à l'abbé des espérances qu'il y exprime, et ces pièces sont de parfaits échantillons de ce qu'il appelait son *grand goût* poétique :

L'ENFER DES VIVANTS

ou

La Bastille ouverte surtout en faveur de l'anti-constitution (1).

Sonnet.

Noir tombeau des vivants, vie où la mort s'exprime ;
Ennui qui ne meurt point, dont le cœur est pressé,

(1) C'est-à-dire des opposants à la Constitution *Unigenitus*.

Bastille, si l'enfer n'est plus que pour le crime,
Comment voir sous vos lois l'innocent traversé ?
L'immoler au soupçon, est-ce votre maxime ?
A la raison d'État est-ce un autel dressé ?
Donnez, tant qu'il vous plaît, du lustre à la victime,
Le citoyen n'en est qu'un peu plus oppressé.
État ! prétexte, abus, frivole couverture !
Le joug n'aura-t-il point ni bornes ni mesure ?
Le potentat n'est plus ; que devient le tyran ?
Le Régent, nouveaux cieux ! Sous Cyrus on respire.
Daniel, délivré, reprenant de l'empire,
A qui creusa la fosse est dû le sort d'Haman.

—

Jésuite, Jésuite !
Vous pourriez rétrograder,
Vous avez été bien vite.
La Bastille, la Bastille !
Qu'en dites-vous, d'Argenson,
Vous le tyran pour vétille ?
Bernaville, Bernaville !
S'entendre avec ce larron,
C'est la corde qui se file.
La Bastille, la Bastille !
Quand l'un remplit la prison,
C'est bien l'autre qui la pille.
La Régence, la Régence
Qui d'eux nous délivrera,
Vengera bien l'innocence.

La Régence, la Régence!
Un si bon gouvernement
Fait renaître l'espérance.
Pauvre France, pauvre France!
Tu respires à présent;
Et vive donc la Régence!
La Régence, la Régence!
A ses lois tenons-nous bien,
C'est là notre délivrance.
Pauvre France, pauvre France!
Répétons-le encore un coup :
Et vive donc la Régence!

L'IMPERTINENCE ACHEVÉE

ou

Le Sermon du Père La Mothe (1).

Chanson.

De La Mothe, de La Mothe,
Qui vous a fait la leçon?
Votre entreprise est bien sotte.
Jésuites, Jésuites,
Approuvez-vous son sermon?
Vous pouvez craindre les suites.

(1) Voir sur ce père La Mothe, jésuite, qui avait prêché très-violemment à Rouen (1715) contre le Régent et son gouvernement, une des *Biographies universelles*.

Mes bons Pères, mes bons Pères,
Vous nous vantez un tyran :
Vous êtes des mercenaires.
Mes bons Pères, mes bons Pères,
Vous déchirez le Régent,
Qui soulage nos misères.
Mes bons Pères, mes bons Pères,
Vous êtes des insolents
Dignes du moins des galères.
Vos maximes, vos maximes,
Sous l'air de la piété,
Se permettent tous les crimes.
Ce La Mothe, ce La Mothe
Sent assez le Jean Châtel,
Ou peut-être je radote.
Le faux zèle, le faux zèle
A fourni des Ravaillac;
Ce La Mothe est bien rebelle.
L'Angleterre, l'Angleterre
Rappelle son parlement
Qu'un seul coup mettait par terre (1).
Père Ignace, Père Ignace,
Quels enfants vous avez là !
C'est une méchante race.
Fils d'Ignace, fils d'Ignace,
Songez-vous aux Templiers ?
Le même sort vous menace.
Mes bons Pères, mes bons Pères,
En biffant votre sermon,
Croyez mes avis sincères.

(1) Allusion à la Conspiration des Poudres (1605).

Mes bons Pères, mes bons Pères,
Resserrés dans le couvent,
Mêlez-vous de vos affaires.
Jésuite, Jésuite,
Quel bien, si, sur mes avis,
Vous régliez votre conduite !
Jésuite, Jésuite,
A ceci pensez-y bien !
Pères, cela le mérite.

L'Anti-machiavélisme, ou Réflexions métaphysiques sur l'autorité en général et sur le pouvoir arbitraire en particulier, en forme de lettres adressées à M. L. D. B, par M. le comte de B, au sujet d'une dispute survenue entre eux sur cette matière, à Utrecht, novembre 1712, à la table de M. le comte de M.; avec l'Extrait d'un Traité de l'Existence de Dieu, par le même auteur. 72 p. y compris le titre ; sans lieu, sans date, sans nom d'imprimeur.

Cet opuscule n'est pas « un plan de république applicable à la France, » comme l'a écrit Gérard de Nerval, mais un exposé des idées de l'abbé de Bucquoy sur la forme première, et sur les développements, ou plutôt les oscillations, de l'idée d'autorité. Il considère l'administration populaire comme naturelle; la république, c'est-à-dire le gouvernement aristocratique, comme une réforme de l'abus que le temps amène dans l'administration du peuple, et la monarchie, comme un remède violent, mais d'obligation, contre les excès de la république. L'idée de l'administration populaire comme naturelle est seulement affirmée, et l'auteur se montre d'avis de tolérer le monarque reconnu « si l'abus n'y est pas, » quoique « le bien général soit toujours mieux remis entre les mains de plusieurs qui se servent mutuellement de bornes. » Le despotisme de Louis XIV a rendu nécessaire le retour à la république.

Notons un passage sur les illusions du despote, d'une dialectique pressante et pénétrante :

« J'ai du moins véritablement attaché à moi tous ceux à qui je fais des grâces, et comme je possède tout, j'ai par là du moins de quoi me gagner bien du monde. — Arrêtez-vous. Vous n'avez pas en vos mains tout ce que vous pensez, et s'il faut prendre à la lettre ce que vous me dites, je vous réponds que vous ne connaissez pas les hommes. Beaucoup d'entre eux, aussi bien que vous, désirent de tout leur cœur d'avoir tout, et comme vous n'êtes jamais satisfait, il n'est pas aisé de les contenter. Ecoutez-moi de plus. Ou ces gens ont assez d'esprit pour vous pénétrer, et sont en même temps gens de bien. En ce cas, savent-ils que vous ne vous attachez les uns que pour mieux faire dépendre les autres, et que ceux-ci, assujettis à votre gré, sont un acheminement presque sûr au joug impitoyable de tous? Ils prendront vos bienfaits, parce qu'il faut qu'ils vivent, mais ils ne vous en estimeront ni ne vous aimeront guère plus. En un mot, comme vous ne les traitez bien que pour leur faire plus de mal, ils n'hésiteront pas de vous nuire, quoique vous leur fassiez beaucoup de bien. »

Après la discussion *sur l'autorité*, qui a 43 pages, vient l'*Extrait du Traité de l'Existence de Dieu*, de M. L. D. B, fait par lui-même (de la p. 43 à la p. 57), que suivent des pièces de vers, les unes satiriques contre le Grand Roi défunt, les autres de félicitation et de consolation aux Barcelonnois sur leur belle défense et leur capitulation (1714). Nous réimprimons seulement les premières, moins une :

L'Orgueil décelé, ou la Dissection

en forme d'épitaphes, de cette superbe poësie mise en lettres d'or au haut de la grande porte de Versailles :

HIC FUIT ANTE CHAOS; DIXIT LUDOCUS, ET INDE
FIT REGIA DIVO. ITA FACTA EST MACHINA MUNDI.

TRADUCTION.

Comme fut fait le monde, ici Louis parla.
D'un chaos que c'était, ce Roi-Dieu s'y logea.

1. Épitaphe.

Hic fuit ante chaos.

Du rodomont Louis la superbe en arrière,
Semblable à son palais cy-devant un chaos;
Telle est la fin de sa carrière :
Malgré ses dents, voici ses os.

2. Épitaphe.

Dixit Ludocus, et inde fit regia divo.

Il eut beau faire, il eut beau dire,
Il parle! On peut juger de là
Si ce n'est point un Dieu pour rire :
Six pieds de terre enfin, c'est le palais qu'il a.

3. Epitaphe.

Ita facta est machina mundi.

Cy gît! Le sort le veut ainsi
Qu'en vain sur son Versaille un orgueilleux se fonde ;
Là qu'il était, il est ici.
Passant, c'est comme va le monde.

—

SON DERNIER RÔLE.

La scène est à Saint-Denis.
Le voilà donc dans le cavot;

C'est donc la fin de son histoire ;
Mais pour épargner sa mémoire,
Le flatte bien qui n'en dit mot.

L'abbé avait fondé, nous l'avons déjà vu, de grandes espérances sur la Régence, celle de sa rentrée en France, entre autres. Il avait fait agir dans ce but auprès de la Princesse Palatine, laquelle avait objecté à son désir le rôle notoire d'opposition violente qu'il avait pris à l'étranger depuis son évasion. Mais son enthousiasme pour le nouveau gouvernement lui semblait une justification suffisante de sa conduite, et il n'entendait pas qu'on pût laisser en exil un homme qui saluait en Philippe d'Orléans un Cyrus, un Dieudonné ! Voici sa réponse à la fin de non-recevoir de la mère du Régent :

L'équivoque ôté, ou le gouvernement défunct, par opposition à la Régence.

A Madame.

« Madame,

« Enfin, après trois mois, la réponse de Votre Altesse Royale est venue. C'est encore beaucoup de grâce. Je sais du moins à quoi m'en tenir : « Le comte de Bucquoy, dit-elle, prétend-il que je m'emploie pour le faire venir en France, après que, de vive voix et par écrit, il n'a cessé de se déchaîner contre cette cour ? »

« Parlez-vous, Madame, de la cour d'à présent ? Je l'admire. N'est-elle pas le contre-pied de l'ancienne ? Elle remet de l'ordre où celle-ci ne vivait qu'en enfant de famille qui joue de son reste. Si la conduite du Régent se soutient, c'est le Cyrus de nos jours, le véritable Dieudonné. La postérité fera son éloge à mesure qu'elle augmentera le blâme du feu roi.

« Vrai roman que son règne ! Ce que j'y trouve de curieux, sorti d'une guerre qui, épuisé de toute façon, devait le perdre, il ne quitte le dessein de transporter de nouveau des montagnes, que pour se jeter dans des entreprises qui demandaient plus de sang et plus d'argent que jamais. *Je le veux, je le puis !* C'était là le bon sens de ses desseins. Qu'a-t-il fait ? Rien, avec un pouvoir immense, que de laisser à sa mort les affaires dans une étrange confusion.

« La paix s'entretient pourtant ; les finances se rétablissent. Que ne peut-on de même redonner la vie à des millions d'hommes sacrifiés au faste de Louis-le-Grand ! L'agriculture et le commerce se raniment. Le luxe diminue. La volupté va tomber. Le sexe, si ce n'est vous, Madame, renvoié au cloître, ou que Noailles là n'aura plus de part aux affaires. Le vrai mérite est recherché. Plus de Pontchartrin; le Parlement fournit des sujets pour les plus hautes places. C'est donc tout de bon que la remontrance a lieu. L'harmonie se remet entre le gouvernement et le peuple. Que n'espérer pas? On est de bonne foi avec les voisins. C'est seulement pour l'abus des clefs qu'on se brouille avec le successeur de saint Pierre. Telle est l'administration d'aujourd'hui, la condamnation du règne précédent.

« Voilà ce que j'ai dit et que je ne cesse point de dire, Madame. *L'équivoque ôté*, appelez-vous cela se déchaîner? Martyr à ce prix de la nouvelle cour pour blâmer l'ancienne, si vous me refusez vos bons offices, pensez que vous êtes la mère du Régent.

« Je suis avec un respect très-profond,

« Madame,

« De Votre Altesse Roïale,

« Le très-humble et très-obéissant serviteur.

« A Hanovre, le 3 avril 1717.

« Le comte DE BUCQUOY. »

Le volume se termine par une pièce de vers au petit-fils de Georges Ier, pour le jour de sa naissance.

De la Modération, ou l'Exemple du Roy, à Son Altesse Roïale son petit-fils, pour lui offrir le moment de parler aux rois, etc. En forme de lettre. Juin 1717, 24 p.

Pièce à la gloire du roi d'Angleterre, et à la confusion de l'Académie française, qui, en donnant pour texte au concours d'éloquence cette phrase du Ps. 2, v. 10 : *Et nunc intelligite qui judicatis terram*, semblait solliciter les concurrents à parler librement sur Louis XIV, trop adulé durant sa vie :

« Dans l'espace de plus de cinquante années, un seul de l'Académie a du moins osé tenir le langage de Jean-Baptiste : *Non licet.* Par malheur n'est-ce que dans un roman (*le Télémaque*).

« Faisons grâce cependant à l'Académie pour l'amour de ce censeur unique, M. de Cambray. »

L'abbé était en convalescence d'une maladie, « la cinquième depuis qu'il avait pris les eaux de Pyrmont (1), » lorsqu'il écrivit ce pamphlet.

(1) Eaux minérales ferrugineuses. Pyrmont est une des villes de la principauté de Waldeck, sur l'Emmer.

Spécifique important, ou Sujet de consolation dans une longue et accablante maladie; avec un avis sur le régime, à Mme Harbin. 1er aoust 1718, 10 p. in-12.

La Mort illustre mise à profit, ou Réflexions sur le décès inopiné du roi de Suède, dirigées exprès pour l'instruction de S. A. R. Mgr le duc de Glocester, à S. Ex. M. le B. de C., en le remerciant de quelque bon office. 18 p.

L'Enchérissement des femmes mauvaises. L'Acariatre, ou la S... d'Herrenhuausen (sic), etc., etc. A S. Exc. Mgr le P.... de la C..., en forme de requête. 18 p.

La Game des Femmes, ou Morceau extrait du préliminaire de *l'Albéroni* d'Hanovre, en forme de plainte au roy. 10 p.

Le Duo, ou le Supplément à la *Game des Femmes*, en forme d'excuse de n'en pas dire assez à la plus aimable des comtesses, lettre. Hanovre, 3e janvier 1719, 8 p.

Réflexion nécessaire, ou l'État de la vie de l'homme, ode.

La pagination de ces six pièces, imprimées en caractères de divers corps, se suit ; ensemble 72 p.

La première, le *Spécifique important*, est une suite de conseils de régime et de détachement du monde, à une dame Harbein ou Harbin, à laquelle l'abbé donne en exemple sa vie et sa propre hygiène :

« Du bouillon et de la soupe à la manière française ; moins de bœuf et de mouton que de veau, bien bouillir ensemble avec une poulle. Manger plus de veau que du reste, et demeurer sur votre appétit..... Un petit verre de vin quelquefois, comme une espèce de cordial pour vous soutenir le cœur ; rien de plus. C'est en me réglant de la sorte, mille avis mis de côté et sans le secours d'aucun médecin, que je me débarrasse peu à peu de ces malheureuses eaux de Pyrmont, qui depuis plus de cinq années m'ont joué des tours à me faire mille fois mourir, de concert avec toutes les contradictions que la malignité et l'envie m'ont suscitées à Hanovre. »

La Mort illustre est une lettre de remerciement au gouverneur du duc de Glocester, qui avait fait accorder à l'abbé quelques grâces dont celui-ci le remercie avec la fatuité particulière à sa nation : « A l'air qui se trouve dans votre style, croiez-moi, ne vous dites pas Allemand. C'est trop de modestie ; soyez Français. Il n'est point de connaisseur qui y trouve à redire. »

Et comme ce gouverneur lui avait demandé

de ses opuscules pour l'Angleterre, l'abbé prend prétexte de la demande, et en augmente le recueil, à propos de Charles XII qui venait d'être tué devant Fredericshald. Il donne son épitaphe, d'abord en miniature, ensuite dans de grandes proportions. Voici la première :

Peu de tête et grand cœur, bon droit, trop d'ennemis
Victorieux, vaincu, près de vaincre et sans vie,
Charles, pour son repos, sous cette tombe est mis :
Qu'il y demeure on s'en défie.

Viennent, après l'une et l'autre épitaphe, des considérations sur la gloire, et un portrait du roi de Suède, curieusement et vivement développé, à ce point de vue que ce qui avait le plus manqué à Sa Majesté suédoise, ç'avait été l'éducation. Il se termine par une comparaison de son caractère à celui de Georges Ier, « qui gouverne le monde sans s'échauffer. »

« Le roi de Suède, malgré la vie, sembloit vouloir mourir. » L'abbé se sert de cette transition pour produire l'épitaphe de la dame Harbein, à qui nous lui avons vu dédier le *Spécifique important*, et qui, elle, « en dépit de la mort, s'était mis en tête de vivre. » Elle venait de succomber à un cancer. Mme Harbein était, suivant cette épitaphe, bonne femme, à la vanité près ; belle femme, assez douce, petit esprit :

> Passons le cœur,
> L'amour y tiendrait lieu de blâme ;
> Catholique à l'excès, cela s'accorde bien ;

inquiète, sobre chez elle, et gourmande chez les autres. On ne doit aux morts que la vérité.

Mais l'abbé a réfléchi qu'on serait peut-être surpris de ne le pas voir recommander à Dieu, dans ses épitaphes, l'âme du roi de Suède. Là-dessus, troisième épitaphe de ce héros, où il se garde de combler la lacune des précédentes, d'autant que le *Télémaque*, « bien loin d'accorder aux rois les Champs-Élysées, les enfonce de bel air dans le Tartare. »

Après quelques civilités au destinataire, et prière de faire part de ces bagatelles à M. Schr., qui a paru en avoir appétit, la lettre se termine par une quatrième épitaphe de Charles XII.

L'Encherissement, etc.

Plainte contre la femme du concierge du château de Herrenhausen, où Georges Ier avait donné à l'abbé de Bucquoy un appartement *en haut*. Il faut citer cet écrit à peu près *in extenso*, car il est singulier, et ne pas oublier en le lisant que l'auteur avait soixante-huit ans, que ses plans de république n'avaient pas été pris en considération, que sa rentrée en France était au moins improbable, et que, le monde se retirant peu à peu de lui, il avait pris le parti de renoncer au monde. En outre, ce célibataire misanthrope, en garde contre les séductions du sexe, était resté dans un âge avancé en puissance de sa virilité, à ce qu'il semble du moins.

« Monsieur,

« Le sexe à Hanovre semble empirer à un point que, si on n'y met ordre, la Sainte Ecriture en aura bientôt le démenti.... V. Ex. en aura une preuve en la personne de.... femme de S.... l'écrivain des ouvriers du jardin d'Herrenhausen, cy-devant veuve d'un timbalier des gardes-du-corps, aussi noir à peu près que le Diable, More qu'il étoit d'origine. Il a été chassé, dit-on, pour sa méchante conduite. Bon cheval de trompette que la S..., la digne épouse en premières noces d'un si galant homme. Sa figure à part, si son âme n'a pu que jaunir à cette première alliance, je doute qu'à la deuxième elle ait récupéré de sa blancheur.

« Aiant trouvé à Herrenhausen S..... et sa femme, en qualité de concierges, occuper le bas en la maison où le roi m'a fait la faveur de me donner un appartement en haut, je n'ai épargné ni civilité ni générosité pour bien vivre avec eux : comme voisin, c'étoit aussi mon intérêt d'en user ainsi, dans le dessein de me jeter à Herrenhausen tout à fait dans la retraite. J'espérois donc que S..., ou du moins sa femme, devenue la Marthe de chez moi, je pourrois plus aisément me donner à la contemplation, comme Magdelaine. Ce fut pour leur donner mieux des marques de ma confiance, et par là gagner leur amitié, que, sur le point de me rendre à Francfort, je leur laissai mes clefs et toutes choses en leur disposition. Je leur donnai même mon argent à toucher. Je revins, et j'eus lieu, à quelque chose près, d'être content de leur conduite. J'en fus ravi, croyant avoir trouvé en leurs personnes d'assez bonnes gens avec qui m'accommoder; mais leur circonspection n'étoit qu'un voile à mieux me surprendre.

« Je fus quelque tems sans domestique à Herrenhausen. La S... m'offrit ses soins, que j'acceptai avec joie, et je convins avec elle d'un prix. Introduction à la science de plumer le poulet! Plusieurs choses disparurent de ma chambre. Par malheur que je crois aussi peu aux esprits follets ou qui font des mauvais tours, qu'aux enchantemens. Je n'accuse pas Madame S..., je dis seulement qu'elle seule mettoit le pied chez moi. Il me manqua, entre autres, une croix de chevalier de Sainte-Ursule, ordre auquel associé, je pense, par différentes concessions des papes, gagner comme en poste le ciel. Je n'ay pû non plus retrouver un étui avec deux cachets, qui, de même que la croix, étoient d'assez grand prix ; un évantail qui ne m'appartenoit pas, et dont j'ai été assez importuné ; des gants, etc. Je me suis vû ainsi volé sans ouvrir la bouche, pouvant à peine me rendre à l'évidence du fait. Mais il falloit bien me taire : malade que j'étois et tout languissant à mon retour de Francfort, je ne pouvois me passer de la S... Elle me demandoit tantôt du café, du thé, du sucre, et autres choses que, par honnêteté et comme bon voisin, je ne lui refusois pas ; tantôt de vieilles nipes et une robe de chambre, que je ne jugeai pas à propos de lui donner. « Il y en auroit, disoit-« elle, assés de la robbe de chambre, pour me « faire un corset et un jupon, et un bonnet « même à mon petit enfant. » Je secouai les oreilles en lui disant : « Voudriez-vous mettre « si près de votre chair ce qui a été si proche « de ma peau ? » Elle secoua le bras (c'est une grosse Allemande), en voulant me dire : « Le « beau scrupule ! » Je lui répondis : « Mais que « diroit votre mari ? » Insatiable qu'elle est, cette défaite de ma part lui déplut extrêmement.

Telle est la femme : un petit abîme, qu'on ne sauroit remplir.

« Vache à nourir que la S... ! Je démêlois déjà assez la bonne pièce. Ainsi, jument à grand trot que je me donnois bien de garde de monter, je n'assurerois pas quel étoit son but ; mais je m'observois sur tout, circonstance assez délicate, lorsqu'elle venoit balayer chez moi et faire mon lit. Elle a un certain œil, non pas fripon, ni cruel, mais féroce-enjoué, mêlé d'aigreur et d'impudence, quoique assez drôle quelquefois. Rocambole de la tentation, qu'un œil si aguerri, pour peu qu'on ait l'appétit ouvert ! C'étoit pour me munir mieux contre l'aiguillon charnel, ce donneur de soufflets, que je la dispensois souvent de tous ces menus soins en mon endroit, sous prétexte, par civilité, de ne lui être point incommode. Par bonheur que Dieu m'a fait la grâce, en quasi deux années qu'elle a pratiqué ma chambre, de ne lui avoir jamais touché le bout du doigt. Le doigt tient à la main, celle-cy au bras, et sitôt qu'une femme n'est pas Lucrèce, on sait trop, comme du détail en gros, ou de la petite oie à la grosse pièce, tout se rapproche. Et où sont-elles donc à Hanovre, ces dames Lucrèces ? Passons vite. Un déluge se pourroit dissiper ici à l'épreuve, de même qu'une goutte d'eau sur un fer chaud.

« J'allai à Leipzig; mais avant que de partir, la S..., toujours avide, me demanda une *foire*. Je lui fis présent d'un beau fichu dont elle me fit un plus fichu remercîment : « Grand « merci ! » C'est tout, si ce n'est que l'inclination de tête dont elle me grâtieusa avoit tout l'air d'une pagode mal posée sur son équilibre. Je la régalai encore, elle et son mari, en café et en biscuit, très-amplement. J'en usois ainsi envers eux, croiant qu'à la fin tant de bonté de ma part, malgré toutes sortes de sujets de mécontentement, leur gagneroit le cœur. Bon ! à graisser les bottes d'un vilain, dit-on, de même qu'à laver la tête d'un âne! travail de Danaïdes! c'est un tonneau percé à remplir.

« Je revins de Leipzig. Nos bonnes gens avoient reçu en mon absence 30 écus pour moi. Point d'argent à mon arrivée. J'en avois besoin; c'est le gouffre de la monnoie que le voyage.

« La S..., accompagnée de ses minauderies de guenon en bonne humeur, me vint faire de niaises excuses. Mais le circuit embarrassé de ses fades raisons n'eut point le pouvoir de m'attendrir. Je connoissois la pèlerine. Je lui dis nettement, dans un allemand de ma façon : « Ce n'est pas juste. »

« Je n'eusse pas fait davantage de bruit. Mais elle-même, courroucée de ma réprimande, me dit, d'un air des plus impérieux, le bras agité comme battant de cloche : « Trente écus ! « c'est bien de quoi ! N'ai-je pas dans la maison « suffisamment pour répondre d'une aussi petite « somme ?—La somme, lui dis-je, ne me choque « pas tant que la manière de s'en emparer ; de « plus, me prenez-vous pour un homme à faire « sentinelle à vos meubles ? » Il y eut des répliques et des yeux de sa part, d'où je compris que si Mégère venoit à manquer, la femelle audacieuse pourroit prendre sa place.

« Pour n'avoir plus rien à démêler avec d'aussi bonnes gens, et particulièrement avec Madame la harpie S..., je cherchois de toutes parts un valet qui me fût propre ; c'étoit chose difficile à rencontrer pour moi qui connois peu de monde, parce que je suis toujours en retraite. Pressé, je pris en fait de domestique ce qui s'offrit. Mais l'une des premières attentions de la S... fut de détourner ce nouveau valet de mon service, de même qu'elle avoit déjà eu soin de me décrier partout comme un homme bizarre qui ne peut vivre avec personne, et qui regarde de trop près au ménage. N'est-ce pas qu'elle-même, l'œil trop à portée de sa main faite en griffe de chapon rôti, ma juste économie lui sembleroit une lésine ?

« Pour ne pas rompre tout à fait avec elle, jugez, Monsieur, de ma retenue ! je lui donnois encore quelquefois du gros linge à blanchir. Singulièrement elle m'en rapporta, il y a quelques jours, du blanchissage ; je mis, entre autres, la main sur une serviette qui me paroissoit avoir subi la métamorphose. La fine mouche, comme pour ne me laisser point le loisir de l'examen, me dit brusquement : « Que ne faites-« vous laver votre gros linge où l'on blanchit « votre fin ? — D'où bien l'avés-vous pris, lui « dis-je, après m'être venu avertir vous-même « que vous deviez faire la lessive ? Et vous m'a-« vez tant parlé de fois de votre nécessité, que « j'ai bien voulu, malgré toutes vos mauvaises « manières, vous donner lieu de gagner quel-« que chose. » Madame S..., montée sur ses grands chevaux, fit chez moi beaucoup de vacarme. Je la priai de se taire et de sortir, en lui disant que si je ne lui donnois plus mon linge fin à blanchir, c'est que, pour de beaux et grands mouchoirs, j'en avois trouvé d'autres qui ne leur ressembloient en rien : « C'est de « quoi, pour l'amour de la paix, ajoutai-je, je « ne vous ai pas parlé jusqu'à ce jour, non plus

« que d'autres choses devenues invisibles sans « sortilége, dont pourtant je ne vous accuse « pas, encore que je ne vous croie pas magi- « cienne. — Qu'avez-vous perdu ? me dit-elle. » Je lui déclinai les choses et les circonstances. Les trois Furies en personne, acharnées pour quelque grand exploit à la perte des humains, n'auroient pas davantage exprimé la rage que la bonne Madame S... Ses yeux hagards, brillans d'un feu sulphuré et noir qui annonce l'orage; son teint couleur de sang caillé, ou, selon que dit le sage (1) : « le visage bazanné « comme un sac de poil, » ce n'étoit pas une femme que cette Proserpine, c'étoit Beelzébuth en chair humaine, *pravo sexu*, qui n'attendoit que l'exorcisme. Par bonheur que le mari accourut au bruit; mais la bonne femme, au lieu de se calmer à la voix de son époux, de même que la brebis docile se ramène aux accens du pasteur, son courroux sembloit redoubler, et le bon homme médiateur commençoit lui-même à apréhender pour sa peau. Ce n'étoit pas de ce moment, qu'à l'air de sa chère moitié, bon israélite, je l'avois reconnu le zéro de chez lui. Il y en a bien d'autres ! Ce qu'il y a de singulier, l'Amazone, en chemise

(1) *Eccl.*, 23, 24.

blanche, les manches relevées par delà le coude, n'aiant rien de plus sur elle qu'un cotillon fort court, et nues jambes, s'étoit rendue chez moi ! C'est dans cet équipage, aussi décent que délié, que parmi la fureur où je la voiois plus forte qu'un dragon, je n'avois garde de me colleter avec cette mignone. Tais, tais! mignone. D'une façon ou d'autre, poil pour poil, il m'en eût pû demeurer des marques. Que sait-on si ce n'étoit pas une Phèdre, furieuse d'amour et de rage, que cette championne ? Ce pouvoit être une chatte en fougue. Tant de valeur qu'on voudra, comme les dents et les griffes ne sont point de mon bail, je courus à mes pistolets, dans une autre chambre, où je fis semblant d'y mettre de la dragée. C'étoit pour donner lieu au mari de représenter à cette furibonde les suites de sa fureur. Dès qu'elle eut vu mes pistolets se remuer, soit qu'elle ne voulût partir de ce monde sans prendre congé de quelque bon ami, ou que les paroles du bon S... eussent plus de pouvoir sur elle que toutes les menaces, elle se mit en devoir de vuider le champ de bataille qui sembloit destiné au massacre. Cependant, pour ne point se dédire entièrement de sa fureur, car elle est magnanime, elle sembloit, d'une gravité un peu moins articulée que la flotte d'Espagne, qui vient de se laisser vilainement battre, vouloir se faire traîner. Son mari, en effet, homme trapu et fort, la tiroit civilement de toute sa force hors de ma chambre, au lieu de la frotter d'importance. Elle se trouva, à la fin, sur le seuil de la porte. Mais le long de la montée, Dieu, quel tintamarre! Tous les charivaris donnés aux vieilles qui se remettent sous le joug du mariage, tous les loups-garous assemblés, les chaînes de tous les galériens du monde, les torrens, la foudre, dix mille cliquets de moulin et cent mille cresselles aux jours de Ténèbres, pareil nombre de gouttières qui répandent l'eau par tonneaux, n'auroient pas fait plus de bruit. Et l'orage dura en bas près d'un quart-d'heure! Elle parloit allemand, je ne sais pas ce qu'elle a dit; peut-être qu'à force de clabauder elle ne s'entendoit pas elle-même. Par bonheur que le temps étoit chaud et sec; le déluge dissipé d'abord, il n'y eut personne de noïé; mais si elle n'a pas de rhume pour le coup, son gosier est de fer. Je viens d'apprendre qu'elle n'a pas toussé une seule fois. O la bonne femme! Encore si elle étoit l'unique, on n'auroit pas de peine à la chercher. Mais qu'il y en a qui, un peu moins sujettes à l'emportement et malicieuses que celle-cy[1], ne montrent encore que trop, selon l'aveu du sage, que rien n'est au-dessus de la méchanceté d'une femme. Si la S... n'en est pas l'enchérissement, du village il faut donc passer à la ville, et de celle-cy à la cour. Est-ce là que se peut trouver la piegrièche, qui ne cède en rien à l'acariâtre ? Si chacun le sait, du moins épargnons-la.

« V. Exc., Mr., juge assés du scandale et de la conséquence de l'insulte qui m'a été faite par la S... dans l'une des maisons du roi, dans ma propre chambre, et dans un temps où, mon valet en ville, je me trouvois tout seul et comme enseveli par dessus les yeux dans les écritures : comment se reconnoître ?

« De plus, je suis un étranger, et la S... ne laisse pas que d'avoir, par le petit emploi de son mari, presqu'à sa dévotion, tout le village d'Herrenhausen, qui fournit la plupart des ouvriers au jardin du Roi.

« Cette créature, servante le matin, demoiselle l'après dînée, fait sur tout l'entendüe, depuis qu'elle a rassemblé chez elle quelques jeunes officiers et autres, à qui elle donne à manger comme à boire, tout le jour. Ainsi la maison du roi, séjour de paix, devenue comme une tabagie par l'intérêt particulier, j'ai encore à éprouver le mauvais esprit d'une méchante femme, et celle-cy, mille diables ou deux régimens de dragons, c'est à peu près de même. Aussi je ne doute point que V. Exc. ne veuille bien prescrire des bornes à *la* témérité d'une aussi pétulante femelle....... »

La Game des Femmes, etc. Diatribe contre le sexe, avec force citations de la Bible.

Le Duo, etc. Réclamation de la *Game des Femmes*, à une dame « aussi bien faite que belle », mais continuation du pamphlet précédent : « L'Allemagne entière fourniroit-elle bien deux Lucrèces, ou même trois dragons de vertu ? » L'abbé s'excuse de ses vivacités de style par son zèle pour l'amendement des mœurs. Mais, lui répondait la dame : « Ces pauvres femmes, que vous ont-elles fait pour les traiter si mal ? »

Réflexion nécessaire, etc., ode. L'auteur ne réussissait que dans l'épitaphe-épigramme, quelquefois.

Préliminaires philosophiques à l'existence de Dieu, ou Discours aux atomes et à qui veut m'entendre. 42 p.

Préambule à un traité de l'existence de Dieu, et qui eût paru en même temps, sans quelques considérations dont on rendra compte en temps et lieu.

FIN.

TABLE

www.ingramcontent.com/pod-product-compliance
Ingram Content Group UK Ltd.
Pitfield, Milton Keynes, MK11 3LW, UK
UKHW031903260826
14628UKWH00002B/965

9 782013 060165